我泄露了我们的秘密

赵命可 著

陕西师范大学出版总社 西安

图书代号　WX25N1022

图书在版编目(CIP)数据

我泄露了我们的秘密 / 赵命可著. -- 西安：陕西师范大学出版总社有限公司, 2025. 7. -- ISBN 978-7-5695-5320-8

Ⅰ.I247

中国国家版本馆CIP数据核字第20255WH573号

我泄露了我们的秘密
WO XIELOU LE WOMEN DE MIMI

赵命可　著

出版统筹	刘东风
责任编辑	舒　敏
责任校对	彭　燕
装帧设计	主语设计
出版发行	陕西师范大学出版总社
	（西安市长安南路199号　邮编710062）
网　　址	http://www.snupg.com
印　　刷	陕西龙山海天艺术印务有限公司
开　　本	787 mm×1092 mm　1/32
印　　张	7.5
插　　页	2
字　　数	138千
版　　次	2025年7月第1版
印　　次	2025年7月第1次印刷
书　　号	ISBN 978-7-5695-5320-8
定　　价	58.00元

读者购书、书店添货或发现印刷装订问题，请与本公司营销部联系、调换。
电话：（029）85307864　85303629　传真：（029）85303879

序
其他的交给时间

温亚军

与赵命可相识于去年秋天的华山采风活动上。此前不久，我俩在他谋职的报纸上已展开过"对话"，只是闻其名，未谋其面。那次采风活动我们有过几次交流，尤其是在华山之巅的那天上午，我们竟然对险峰胜境熟视无睹，大谈写小说的苦闷、对创作和世事的感受，彼此臭味相投，有了相见恨晚之意。这不奇怪，命可与我出身近似，故乡同在西府宝鸡乡村，童年经受过同样的贫穷遭遇。成年后，命可比我幸运得多，他上了名牌大学——西北大学，成了该校中文系的一名学生，这就注定了他在文学创作上的起点比我高出好多倍。哪像我，初中未毕业回乡务农，年龄不足便登上西去的列车，在边疆军营寻找生存之道。况且，命可大学毕业后便解决了后顾之忧，进入当时红极一时的《女友》杂志当了编辑，实施他的文学理想。所以命可在二十多岁时，已在《人民文学》上发表了小说，在当时的西北地区也不多见。

陕西人骨子里是一根筋，认准的事非得坚持做到底。命可也不例外，他的命运后来出现过几次变化，无论远走深圳，还是回归故里，他一直没放下写小说，而且成绩一直不俗。前阵子，命可寄来他的小说集《到天尽头去》，我拜读了开头的这篇，当即被他干净、耐嚼的语言吸引住，再顺着主人公马文的思路往前走，对他的出走产生了深切的认同感。哪个少年不想脱离乡村的困顿呢？命可抓准了马文简单的幼稚心理，给他设计了一条看不见的"到天尽头去"的路线，让懵懂无知的少年也经历一下造化弄人，实际是为少年的梦想之旅壮行。我想，小说的意义便在于此，给想象中的人物设计人生，一直是小说家乐此不疲的追求。

有天深夜，命可发信息嘱我给他的新小说集《我泄露了我们的秘密》写篇序言，我毫不犹豫地答应下来，而且说"这是我的荣幸"。对我来说，这是个例外，其实我心理压力挺大的。三十多岁时，我不知天高地厚，曾给鲁院同学的小说集写过所谓的跋，那个时候年轻气盛，后来就不敢这么干了，曾拒绝过好几位朋友。之所以答应了命可，是我刚看过他的几篇小说，心里有不少感触，觉得命可的小说无论怎么虚构，从没离开生活的逻辑，这是个值得说几句的话题。至于小说的常识性和知识性，基本上来自他在现实生活中的积累，这点与我的创作理念一致。脱离生活常识的小说，与装神弄鬼无异。我认为的好小说，应该是对现实世界的一种猜测，是对人们日常生活的解析，是对理想人生缺陷的补充，是对人们精神需求的完善，也是对人们现实生活能力判断的提升。

读命可《我泄露了我们的秘密》这篇小说，不难看出，这是一个带有地域文化和历史背景的小说，这样的选材角度不但丰富了小说的层次和深度，而且有效地利用了地域特征，并让其成为推动小说情节发展的重要元素。小说着力塑造的"我"、舟子、娄兰、乔云几个人物，通过自我表达以及性格特征的实现，或者作家赋予的生命，自然而然地获得了存在感。当然，他们的人生经历一直依赖于"我"的不间断叙述，在一个相对熟悉的领域慢慢地打开自我，作为一个个主人公进入小说营造的氛围之中，成为小说所要实现的真正意图。写小说的都知道，小说的灵魂是塑造人物，那些外在的环境或者生存状态，包括一些生活琐碎，对人物来说，只是起到辅助作用。命可在这篇作品里能够很好地把握住人物刻画的尺寸，使每个人物往前推进时张弛有度。

《回南天》这篇小说，应该是命可对生活认知程度的另一种表达，这种现实主义的创作手法，不仅仅是现实生活的表达，而且创造了一种在生活之上的另一种现实。它关怀的是一种持久性的话题，比如人物的命运，还有情感。

每篇小说的写作动机不一样，有时候想象和写作完全是两码事。有时想得再好，一旦动起笔来，也可能会写得一点都不如意，有时甚至会偏离轨道，写成另外一个东西，这可能是作家的写作经验在作祟。不知道命可有没有这种感觉，反正我时常碰到这样的难题。再比如记忆，大家都知道记忆是灵感的源泉，小说家通过回忆往事，激发出新的创作灵感，通过记忆积累的个人经验，为小说创作提供真实的细节和人物原型，努力实现自己的小说理想。

仅从这本新小说集中就能够看出，命可的写作概莫能外，除过《靓汤谱》《回南天》是新近写的，其他作品基本都是他多年前创作的，那个时候的命可除了通过记忆和构建故事的情节，捕捉和表达人物的情感，确保小说情节与生活保持密切的逻辑之外，也像大多小说家一样，经历着创新的阵痛，一直在努力自我蜕变。对每个小说家来说，这都是非常艰难的。但我相信，命可会突破这个"瓶颈"，写出不同于以往的作品。把其他的交给时间好了。

与命可兄共勉。

2024 年 11 月 2 日

（温亚军：1967年出生于陕西省宝鸡市岐山县，1984年底入伍，曾在新疆喀什、乌鲁木齐等地服役十六年。2001年初调入北京，任人民武警出版社副社长，大校军衔。著有长篇小说《西风烈》《伪生活》等七部，出版小说集二十多部，《温亚军文集》（五卷）。获第三届鲁迅文学奖，第十一届庄重文文学奖，首届柳青文学奖，《小说选刊》《中国作家》《上海文学》等刊物奖。部分作品被翻译成英、日、俄、法等语言。）

目 录

短篇小说

回南天 _ 003
到洱城去 _ 028
突围 _ 043
曹家父子 _ 057
雪地上的脚印 _ 074

中篇小说

靓汤谱 _ 105
我泄露了我们的秘密 _ 165
秋天的童话 _ 191

后记 _ 229

短篇小说

回南天

到洱城去　突围

曹家父子　雪地上的脚印

回 南 天

处理完妈妈的后事,王立明便来到深圳找他的父亲。父亲,那个妈妈曾经的男人,王立明几乎一无所知。他上大学时,父亲来学校找过他两次,他都没有见,见了说什么呢?现在,他要兑现给妈妈的临终诺言,来找父亲。

王立明研究生刚毕业,妈妈就去世了,因为料理妈妈的后事,他之前联系好的单位也被人顶了。他读的是教育心理学专业,工作本来就难找,加上妈妈去世的打击,让他更没有信心去找工作。

教了一辈子书的妈妈,省吃俭用给儿子留下了一套房子和几万块存款。她生前总是充满活力,即使在他们母子内外交困的时候,她性格也是爽朗的,她的从来就不会屈服的自我,总是显现出单纯而美丽的天真,正是这份天真,让她没有被周围小人的种种恶意击垮，反而让她有了一颗坚定而朴实的心。

妈妈离婚以后，也有过几个不涉及男女关系的异性朋友，婚姻的失败，让她对感情有了抵御能力，并且很难动摇。他成年以后，多次劝妈妈不要因为他而放弃自己的幸福，她应该找一个男人欢度晚年，而妈妈，总是以各种借口岔开话题，不为所动。

王立明在宾馆里拨通了父亲的电话，电话那头沉默了一会儿，一个男人略带沙哑的声音告诉他，让他半小时后下楼，在宾馆大堂等他，他过来请他吃饭。

放下电话，王立明有些忐忑不安，他不清楚电话里那个男人是不是他的父亲，记事以后，他再也没有听到过父亲的声音，有关他的任何印记都让妈妈打扫得干干净净，就连他的电话，也是妈妈临终前从本子上撕下来塞给他的。在他仅有的记忆里，父亲在家里总是扮演着失败者的角色。那时，父亲是晚报的记者，天天早出晚归，他的谋生技能让家庭生活始终陷入窘境。不管是在单位，还是在家里，父亲总是麻烦不断，不是和同事闹了别扭，就是和妈妈吵架，父亲在家时，一直生活在这种进退两难的困境中。他的职业需要和不同的人打交道，需要和人接触来获得新闻资源，哪怕这些人中的大部分人都会让他生气，没有自尊，他也要笑脸相迎，这种机械的生活一直也没有让他变成一个和蔼可亲的人。

现在,妈妈走了,他要独自面对这个给了他生命,却又从他的生活中消失得无影无踪的人。

王立明提前十分钟到了大堂,他警觉地观察着每一个进入大堂的中年男人,生怕父亲到了跟前他没有半点反应,会彼此难堪。过了约定时间,父亲还是没有出现,王立明索性走出宾馆,坐在台阶上点上一支烟,吐出一口烟,他不由在心里骂了句娘:妈的,再过十分钟你还不出现,老子就退房回去,一辈子也不会再找你。

这时,一个虎背熊腰的男人出现了,他用手抹去头上的汗水,说:"堵车堵得太厉害,等急了吧?我们先去吃饭。"

王立明扔掉香烟,站了起来,中年男人过来揽住他的肩膀,指着前面的食街,说:"这里有湘菜、川菜、粤菜,你想吃点啥?"王立明说了声随便吧,中年男人说:"那就吃川菜吧,应该对你胃口些。"

他们在一家川菜馆里坐了下来,中年男人说:"你妈妈怎么没有一起来啊?""妈妈去世了,我刚刚料理完她的后事。"

"你妈妈去世,你怎么不给我打个电话?"

"妈妈不让告诉你。"

中年男人的身子抖动了一下,差点掀翻了椅子,他摸出一支烟想点上，他的手不停地抖动着，点了几次才点上火，他猛吸了几口，扔掉烟，双手托着下巴，不时地揉着眼睛，眼神呆呆地说："我王大川对不起你们，我他妈的也对不起我自己。"

王立明平静地看着面前这个男人表演，他满是皱褶的眼角滑出了泪水，王立明惊呆了，他从没见过男人当众流泪，男人怎么能当众流下悲戚的泪水呢？他递给他几张纸巾，看着他用纸巾捂着眼睛号啕大哭。王立明这时已经基本确认，这个中年男人就是他的父亲，那个妈妈生前的男人王大川。他想总有一天，他也会活成他这个样子，他的血管里、命运中都流淌着他的衰败气质，他不知道自己应该欣喜还是悲伤，他也学着王大川的样子，摸出一支烟点上。

王大川的心情平复了下来，他又恢复了一个父亲的尊严，他看着王立明摸烟、点烟，从王立明熟练的动作里，他看得出，他已经是个老烟民了，他敲了敲桌子，大声喊着："服务员，先来两瓶冰的老青岛。"

服务员说："我们夏天才有冰啤酒，现在才三月份，天气冷，没人喝冰啤酒的。"

王大川说："我他妈冬天也要喝冰啤酒，你们那破冰箱从来就不插电，怎么会有冰啤酒？那就拿冰块来，以后再也不会来你们这破饭馆吃饭。"

王立明被父亲的举动弄得很难堪，他不清楚父亲的火气是冲他还是冲服务员而来，他静静地坐着，看着父亲发火。

王大川指指窗外的马路，说："我刚来深圳时，就在这条马路上派发公司的宣传小卡片，白天防城管，晚上防保安，没暂住证，要被小保安抓住，就会被遣送出深圳。那时你才五岁吧？一晃，你都成大小伙子啦。我和你妈妈一起上大学，一起读研究生，毕业后她留校在附中当了老师，我去了报社，在她们学校的筒子楼里生下你。我和她性格都比较要强，她总说我没本事，让你们母子住筒子楼，就天天吵架，直吵到离婚我来深圳。那是什么样的日子啊，和你妈妈在一起那些年，我就没过过一天男人的日子。"

王立明给父亲的酒杯加了冰块，他说："先点两个凉菜下酒吧，干喝伤胃。"服务员拿来菜单，王大川让王立明点菜，王立明打开菜单看了看，连忙将菜单递给父亲，这里的菜实在太贵，他平时喜欢吃的夫妻肺片就要六十八元，是家乡的两倍多呢，难怪父亲脾气不好，看来，父亲过得也未必好。

王大川接过菜单，点了四个凉菜，四个热菜，凉菜是：夫妻肺片、坛子泡菜、韭香鸡蛋干、口水鸡；热菜是：水煮黄喉、开水白菜、肥肠香锅、重庆豆花鱼。王立明说："菜点多了，就我们两个人，太浪费。这里的菜太贵了，比老家贵很多。"王大川递给儿子一包烟说:"吃完饭我给你换个地方住,这地方灯红酒绿的,不适合你住。你先在酒店住着,过几天再回家,要给我时间。想吃啥,就自己去吃,记着要发票。"王立明点点头,说:"我明白,我能照顾好自己的。还是退掉几个菜吧,这么多菜,怎么吃得完?"王大川摆摆手,"能吃多少是多少,开票就是,在深圳混了这么多年,吃个饭还是买得起单的。"

"年前,我给你妈妈打电话,她还好好的,怎么说没就没啦?"

"她有心脏病,怕花钱,一直舍不得住院。都怪我,我要不读研究生,早点出来工作就好了,大学毕业那年,我原本有机会去一个不错的单位,妈妈说现在竞争这么激烈,本科文凭就像过去的初中毕业,非要我读完研究生再工作,没想到,我研究生刚读完,妈妈就去世了,这都是我的错。"

"这不怪你,你妈妈是一个要强的女人,她还相信读书能改变命运的谬论。从感情上来说,我真正关心的人还是你和你妈妈,她给我生了一个儿子,要不然,我们老王家就老汉没儿——白毕了。我不是强行向你推销我的感情,满足我的私心,我说的是真心话。"

王立明压住心头的怒火,声音涩涩地说:"你这样说,也许有你的道理,但是,我也不是孩子了,你别怪我对你不敬,你只是生了我,从来没有给过我一个父亲的温暖。你知道吗,从小到大,别人都说我是一个没有父亲的孩子。"

"是啊。"王大川答非所问地说,"我刚刚就在想,你妈妈给你描述的那个人会不会是真正的我呢,实话给你说吧,你妈妈根本就不懂得我,不管怎么说,我从来就没有掩饰过对你们母子的情感,我也一直是这么做的。当年,在这条街上派发卡片时,我一个月就一千六百块钱,除了付房租和生活费,我都寄给你妈妈,到你研究生毕业,每个月给你的生活费从没断过。她是个要强的女人,退休前几年才评上副高职称,工资也就几千块,我能想象你们过得很苦。"

"那也不能说明你对我们有感情,你要不和她离婚,她也不会这么早就走了。"

"你和你妈妈一样固执。"王大川站起来,朝服务员喊道,"菜怎么还没上来?是不是去街上买啦?"

王立明没有作声,饭馆的气氛和三月深圳的气候,都有种让人感觉奇怪的忧郁气息。

菜终于上来了,摆了满满一桌,王大川也平静下来,说:"先吃饭吧,我们有的是时间慢慢了解。你也够倔强的,我知道,不管我怎么做,你都不会领我的情。来,为我们第一次在一起喝酒,干一杯吧。"

"如果我说错了什么，请不要介意，你知道，我和妈妈相依为命这么多年，她的去世对我打击很大。"

"我知道。"

王大川微微笑了一下，他和儿子碰碰杯，一口气喝完酒，将酒杯倒过来看着儿子。王立明见父亲一干而尽，也没有犹豫，一口气干了。他要给父亲加酒时，父亲拦住他，给他加了酒。

"第二杯，为你死去的妈妈。"

王大川又一次一口气干了，真是一个果敢冷峻的男人啊，王立明的爱和恨都被击碎了，"好吧，为妈妈。"他也一口干了，因为喝得太急，他被呛了一下，这时，父亲的第三杯酒已经倒满。

"这第三杯酒，为我们老王家吧，我喝了，你随意。"父亲一饮而尽，王立明迟疑了一下，还是喝了。"男人要能喝一点酒的，虽然时代不同了，但生活的准则还是过去的老一套，一点也没变，要不，你怎么应对日常中的应酬啊？所幸的是，现在的人不再像过去那么挑剔，年轻人也就愈发肆无忌惮，这样看起来很有个性，也会引人注意，其实，会让他走很多弯路的。"

王立明没有搭话，他低着头吃菜，他明白他这次来是投奔父亲的，不是来找他算账的，也就没了以往的底气。

这时，王大川的手机响了，他接完电话，脸色一下子变得晴朗许多，说："终于落实了，落实了，来，儿子，再喝一个。"见儿子疑惑不解，王大川回头看看，见周围没有熟人，这才说："局长的女儿要出国留学，要一大笔钱，局长这个人比较清高，和我谈了，我就给下面几个公司的老总打了招呼，终于凑好了这笔钱。这件事办好了，爸爸的正处也就有着落了，这辈子也就这样了，就为了一个破处级，瞎混了一辈子。话说回来，和我那些一直做媒体的兄弟比，我至少不用为生计发愁，不用天天担心万一报社垮了，去哪里找饭吃，这样一想，多少也算个安慰。"

"那你也要小心，别让人家抓住把柄，以后记在你头上。"

王大川哈哈大笑着说："现在，人与人的交往其实就是利益的相互来往，彼此都心里有数的，人家的钱也不会白出的，而且很快就会用别的方式换回去，怎么可能留下把柄？你多吃些菜，一会儿我让司机送你去我们局的招待所，这条街比较乱，你不能住这里。"

王立明明白父亲的意思，他昨天下了火车，被的士司机拉来这家宾馆，昨天夜里，不时有女人往他的房间打电话，他一夜都没睡好。

"你先在招待所住着，我和你阿姨谈好了，你再回家，见见你阿姨，还有妹妹。妹妹今年中考，深圳的中考比高考还难，录取率不到一半，上不了高中，就只能读职中，那她这辈子就啥希望都没啦。虽说现在读大学也未必有用，但有一个文凭和没文凭还是不同的。"

"要是需要，我可以辅导她，我从大学起就做家教了，以前教过的那些孩子，很多都考上了好高中，好大学，在学生家教里，有很好的口碑。"

"好啊，好啊。我年轻时，父母见我不好好读书，就说我要不好好读书，将来就戳牛屁股，呵呵，就是在家种地。我们那时候，读书可是唯一的出路，上了大学就是国家干部，一切都是国家管，现在时代不同了，一切都要靠自己。说起来好笑，你阿姨当年，还去读了一个硕士学位，生了你妹妹后，她就按着她们老家的风俗，把她的硕士学位证和玩具、零食、现金摆在一起，来测试你妹妹的前程，结果，她的学位证书被你妹妹尿了一泡尿，她就把学位证书放在阳台上去晒，后来再也找不着了。"

父子俩都笑了，父亲像是什么都没发生似的平静；儿子呢，他的目光后面还有一丝的惊喜，一丝的忧虑，谁知道呢。

父亲单位的招待所，要比他昨夜住的宾馆干净、舒服，宾馆里客人也不多，楼道里几乎听不到嘈杂声。王立明站在镜子前，看着镜子里的自己：个子瘦高，皮肤像女人似的白花花的，只有他的寸头才给他带来一丝男人的气息，他长得太像妈妈了，同高大、魁梧的父亲相比，他简直弱不禁风。

性格内向外表斯文的王立明,二十五岁时才有了第一次恋情。因为生性疏懒,他从不主动追求感情,而是随波逐流,一旦遇到便随遇而安。女友刘丹比他大五岁,是中文系的研究生。两人第一次约会时,王立明的单纯和不知天高地厚就给刘丹留下了很不好的印象。他们去大唐芙蓉园玩,在大雁塔十字,来往的车流、人流很多,交通很混乱,王立明总是小心翼翼的,不敢穿过马路,在绿灯亮起的一瞬,刘丹拉着他的手快速穿过马路,过了马路,刘丹还是紧紧握着王立明的手,王立明的手却羞涩地抽了回去,这让刘丹很没面子,让她感觉自己像没有过男人似的,是个轻浮的女人。刘丹恶狠狠地盯着王立明,在她的严厉注视下,王立明依旧单纯、爽朗,让她不知所措。

刘丹其实是不喜欢比自己小的男人的,她性格好强,心性颇高,从不愿意低头,只是挑来拣去的就到了三十岁的关口,这是女人最后的关口,过了这个关口,自己就是老姑娘了,只有被人挑来拣去的份了。刘丹以前的男朋友都比她大很多,她总是遇不到和自己般配的人,那些年长的男人,在精神和肉体上都有许多额外的东西,或许是经历多的缘故,年长的男人内心很难干净,而且还自视很高,很少会尊重女性,不管他们的学问、成就有多高,刘丹总能敏锐地发现他们精神和肉体不匹配的丑相。而年轻的男人呢，很多地方你要像老妈似的去教他，要哄着、引导着，不能紧了也不能松了，等他们过了不知天高地厚的时期，他们说不定又要跑了，那可真是件折磨人的事情。

认识刘丹的人，都认为她特别高傲，在她身上，的确有着和别人无法投缘的因子，这是因为她做什么事都漫不经心，良好的家境和丰腴美丽的外表，也使她和人相处时总是给人一种不知什么地方缺乏诚意的感觉，只有在她微笑时，你才会注意到她的美丽中包蕴着的亲切。

逛完大唐芙蓉园，他们在街上随意吃了些饭，王立明提出去看电影，刘丹没有拒绝，看到悲伤的地方，刘丹竟流泪了，王立明说："这么白痴的电影，也能让你流泪啊？"刘丹对着他的耳朵说："女人嘛，流眼泪是很正常的事。我感觉有些冷啦。"王立明要脱下他的外套给刘丹穿，刘丹再次对着他的耳朵说："像你这样的小男孩子，啥时才能懂得女人的心理啊？"说完，刘丹赌气似的将头偏向一边去了。王立明却一把将刘丹揽在怀里，任凭她怎么挣扎都不松手，闹了一会儿，刘丹便安静下来，她想，尽管她感觉到了自己的轻浮，也让对方轻易就抓住了她的脉搏，但对于一个成熟的女人和一个夹生的男孩子，这样的心计也的确需要勇气。

之后，他们的关系便确立下来。刘丹毕业后进入一家企业，在办公室工作，王立明因妈妈的忽然去世，没有上班，他要来深圳找父亲。他把手机握在手里，却怎么也拨不出刘丹的号码，说实话，他心里是胆怯的，对刘丹的反应他没法预料，也不敢预料。

王立明硬着头皮打通了刘丹的手机，刘丹说："那你过来接我吧，我也快下班了。"

刘丹单位离王立明家就几站路，王立明看了下时间，下了楼，他索性走了过去。

见到刘丹，王立明更加紧张。看起来刘丹心情不错，她过来挽着王立明的胳膊，仰起头说："我们去小寨吃竹园火锅吧，走过去，坐了一天，刚好运动一下，海吃之前也好减减肥。"

"你这身材最好了，不用减肥。"王立明还想再恭维一下刘丹，刘丹却停下来，从包里拿出一部手机，"送你一部手机，别人给我爸爸的，他用不习惯苹果的 iOS 系统，我自己的也是新换不久，你那部都老掉牙了，也该换换了。"

王立明接过手机，打开来看了一下，是最新上市的苹果，他有些不好意思地把手机塞进刘丹的包里，"我一个待业的人，用新款苹果，怎么好意思呢？这和我的身份不相配啊。"

刘丹拉着王立明的胳膊，用另一只手摸着王立明的胸口，"让我验证一下，你说谎的时候，有没有心跳。"

"我啥时对你说过谎啊？一是永远不会，二来我也不

015

敢啊。"

"现在还没发现,等我发现了有你好看。"两个人牵着手,走在人潮涌动的林荫道上,一路上,王立明几次想说出他就要去深圳找父亲的事,但看着幸福满满的刘丹,他不忍心打破这美好的局面。

竹园火锅是西安比较地道的麻辣火锅,王立明家就在附近,他以前跟妈妈每年都会来吃几次,和刘丹恋爱后,两个人每个月都会来。他们选了一个靠窗的位置坐下,刘丹说:"我的保留菜,毛肚、黄喉、鸭肠、豆芽,剩下的你点。你的手机给我。"

王立明将手机递给刘丹,他的手机密码早已改成刘丹的生日,他看着刘丹给他的手机备份、换卡,她利落干净地做完了这些,将新的手机递给他,"密码还是原来的,这个不能换。"

王立明打开新手机,手机的墙纸也换成了刘丹灿烂阳光的照片。以前的墙纸也是刘丹的头像,那张照片上的刘丹是一种忧郁古典的美,和这张阳光灿烂的墙纸比,他更喜欢旧的那张。

刘丹做了个鬼脸,说:"喝点啤酒吧,今天忽然想喝点酒。"

菜还没有上来,刘丹先举起酒杯和王立明碰了一下,她喝下去大半杯啤酒,端着酒杯看着王立明,"你今天好像有心事，一见面我就看你不对劲，说，是不是有什么心事不好对我说啊？"

王立明一口气喝了杯里的啤酒，又自己倒上一杯，"你这么聪明，以后咱家就你当家吧。"

刘丹捂着嘴笑着说："就我们那点家当，当家也没什么成就感啊，还是你来吧，你是男人嘛。工作的事情不要着急，大不了再读博，总会有你吃饭的地方。过去那种一个单位干一辈子的日子再也没有了，我们这代人，要在就业失业再就业里摸爬滚打了。"

刘丹喝了剩下的啤酒，示意王立明给她满上，"你接下来有什么打算？你不要多想啊，只要你对我好，我上班养你。"

王立明放下酒杯，嗫嚅着说："我妈妈临终前让我去深圳找我爸爸，我不能辜负她，想过去看看，怕你说我，一直没好开口。"

刘丹沉默了一会儿，"干吗去深圳，你是不是不想和我好了？"

王立明连忙站起来，"怎么会，你这么漂亮明事理的女孩子，我打着灯笼才找到的，你比我的命都珍贵。"

刘丹又一次捂着嘴笑了，"不要给我戴高帽子，你说你妈比你命珍贵，我信，说我嘛，需要时间检验的。我是希望你留在西安陪我，你执意要去深圳找你爸爸，就算心里不高兴，我也会支持你，不管咋说，他都是你爸爸。但我要把话说清楚，我不能等你太久，我父母年纪大了，我不能让他们替我担心。"

王立明悬着的心终于放了下来，"等我过去安顿好了，你也去深圳吧。"

刘丹伸手过来，摸摸王立明的脸，"没有发烧吧？我爸以前在广州军区当兵，他在那边二十多年，小时候我和妈妈去过几次，实在不喜欢那个地方，热死人了。就是太热，我爸后来才调回来了。我可以断言，你去那里也不会待多久的，你那么娇气。还有，去广东那种地方闯荡，不适合你，你太正了，去那种地方想要混得好，人不能太好了。这是我爸说的。"

"我就去看看，了却一下妈妈的心愿。听妈妈说他在那边大半辈子了，也就混了个破处级干部，还是副的，能有啥能耐？要是不行，我就回来，这辈子扎根在西安，和你好好过日子，哪里也不去了。"

"给你三年时间，就三年，三年后，你要是没回来，我就随便找个男人嫁了。"

王立明心里清楚，这是刘丹的无奈妥协，刘丹虽然不能对他们的未来做出明确的判断，也找不出不让他去的理由，就同意了他去深圳，以免闹起来双方都下不了台。

晚饭前，王大川打来一个电话，他晚上有应酬，让王立明自己去外面吃饭，中午分别时，他给了儿子一个信封，里面有一万块现金。王立明走出宾馆，天气阴暗潮湿，仿佛空气都能拧出水来，他想吃火锅，去去湿气。他不知道哪里有火锅店，就向路人打听，他一连问了几个人，没有一个人接他的话茬，真是一个冷漠的城市啊。无奈之下，他在一个小店买了一包烟，才向店主打听到就在一条街外，那里的食街有麻辣火锅。

走在阴冷潮湿的大街上，看着路上冷漠而陌生的人流，王立明的心情也潮湿起来。还好，那家火锅店还算地道，只是价格贵得离谱，他喝了两瓶啤酒，有些发晕，就早早回去睡了。

第二天早上，王立明还在睡觉，父亲来了，他带来了早餐，还有两条中华烟，王立明说："我不抽这么好的烟，你自己抽吧。"父亲说："烟能戒就戒了吧，一时半会戒不了，就少抽点。都是别人送的。你晚上睡觉没关窗户啊？这个季节特别潮湿，你看看，墙壁都出水啦。"王立明一晚上都没睡好，房间里实在太潮湿，被子都是湿的，他就穿着衣服睡了一夜。

父亲打开空调，开的是暖风，空调吐着热气，喷出满是灰尘味的热风，这时，父亲忽然问他："有女朋友了没？"王立明点点头。父亲说："漂亮吗？同学还是？"王立明说："不难看吧，是我同学，她大我几岁。""啊？怎么会这样啊，干吗找个比你大的女朋友？"王大川惊愕地坐了下来。

"你还小，不太懂女人，我能想象得出，你是被她的外表迷惑了，一个三十多岁的女人，对你这样的男孩子来说，就像一束娇艳的花，这是她最娇艳，也最妩媚的花期，也是她最后的娇艳，因为，很快她就要枯萎，要凋谢了，才会开得那么娇艳。等你们结婚，有了孩子，那时，你看到的就是一束已经凋谢的花，那时，你该怎么办？"

对于刚刚重逢的父子，这是最冒险的瞬间。王立明情绪冷静地听着父亲说话，他没有反驳，他将他的愤怒一丝不露地掩饰过去。

"我丝毫没有责怪你的意思，也没有怀疑你对她的爱，只是作为过来人说说我的看法。因为，我也找了一个大我几岁的女人，你阿姨，她大我几岁。"见儿子沉默，王大川连忙想缓和一下气氛。

王立明感到一种让他愉悦的战栗瞬间灌注了他的全身，原来，父亲离开妈妈以后，过得并不轻松，这也算是对妈妈的安慰，于是，一种类似怜悯的感觉抬头了，他说："女人嘛，有一个就行了，和谁过都一样。我和她在一起挺开心，以后的事，到时再说吧。"

王立明没有意识到他正变得狡猾圆润，而这却是父亲不愿意看到的。

"不说这个了，我相信你能处理好。一个三十多岁的女人，不是挑别人挑过头了，就是被别人挑剩下的，呵呵，你要有心理准备。"

王立明腼腆地笑了笑，没有说话。

"话说回来，没有你阿姨，我也许就不会有今天，她是客家人，以前家里挺有实力的，现在都退下来了，没有用了。你先在这里住着，昨晚回家太晚，她都睡了，还没来得及和她谈你的事，你知道，南方人和我们那里的人不同，很多事不能直言不讳地说，不像我们那里的人，总是实话实说。"

"没关系的。要是找不到工作，我就回去，我的朋友、同学都在老家。在这里才两天，说实话，我不喜欢这里，啥东西都贵得离谱，人也很冷漠，问个路都没人理，还有这天气，阴暗潮湿，很难受。"

"工作的事我还没顾上，每年都会有招公务员的机会，到时我会想办法，你也可以先到我们的下属公司干着，待遇一般，这些都不是问题，有我在，你不用担心。说起来，我也不喜欢这里，人与人根本没有友情，都是相互利用的利益关系，为达目的不顾廉耻的那种，你要是对别人没用，就不会有人理你。但这种人际关系也有它的好处，它让你努力去做一个有用的人，这其实也很好，人嘛，总要做些事吧。"

王大川站起来，拍拍儿子的肩膀，"要不要让司机带你出去玩玩啊？我一会儿要开会，晚上过来陪你吃饭。"

王立明摇摇头，"我不爱逛街，就在房间看看书，看看电视，挺好的。"

父亲走了，还在往外渗水的墙壁吸引了王立明，他盯着墙壁看了很久，还好，没有让父亲看出他心里的悲伤。

到了周末，父亲忽然过来接他，说是一家人在一起吃顿饭。他们过去时，继母和妹妹已经在包间里了，父亲说："这就是立明。"王立明说了声"阿姨好"，王大川拍拍他的肩膀，说："应该叫妈妈。"这时，妹妹扬起头，对王立明做了个鬼脸，"你就是传说中的哥哥啊？很帅嘛。"继母连忙制止了妹妹，"什么传说中的哥哥啊，是现实中的哥哥。"说完，她站起来招呼王立明坐下。她是个很高大的女人，虽然已经不年轻了，但依然气质高雅，目光炯炯。

晚餐很丰盛，父亲点了龙虾刺身、蚝汁鲍鱼，还有王立明喜欢吃的螺类海鲜，主食是海胆炒饭。父亲还拿了一瓶白酒，妹妹和她妈妈也喝了些红酒。

继母不时地劝他多吃菜，慢点喝酒。父亲的气色不错，看得出，他已经做通了她的工作。父亲还是保留着老家的习惯，只和他喝酒，没有不停地劝他吃饭，在老家，吃饭是不用客气的，谁也不会劝你多吃，请客就是吃饭，用不着客气的。

"房间我已经收拾好了，你就搬回家住吧。"继母的话让王立明很是感动，他站起来，说："我敬阿姨一杯，谢谢您了。我决定明天就回去了，这个城市生活压力太大，这几天没事时我四处看了看，房子贵，物价高，在这里生活会很累的。等你们放假时，就一起回老家看看吧。"

王大川抓住儿子的胳膊，示意他坐下来，"你怎么忽然想回去了？你妈妈不在了，这里就是你的家，这里有爸爸，有妈妈，还有妹妹，你别管什么房子不房子的，以前市里分给我们的福利房租给别人了，我和你妈妈商量过了，等你安顿下来，租期到了，装修一下给你结婚用。"

王立明刚想开口，妹妹却抢了先："哎，刚有一个哥哥，你却要跑，放心吧，我不会欺负你的哦。"

继母连忙打断妹妹的话，她说："还是留在深圳吧，这个时候是深圳最难过的，时不时就出现回南天，过了这段就好了。慢慢你会适应的，你爸爸不是也适应了吗？工作的事，不用发愁，现在啥都靠关系，我们会给你想办法的，市委市政府进不去，就是进去了，你也不一定会喜欢，别的单位总会有机会的。你回老家去，也要找工作，老家更要靠关系，都一样的。再说了，深圳还是比西安要好很多的啊，毕竟是一线城市，机会也多。"

妹妹说："西安有啥好的，雾霾那么重，除了整天挖老祖宗的坟，弄几个景点出来，好像也没啥能拿得出手的东西啊。"说完，做了个鬼脸，"这都是爸爸说的哦，每次我们提出要去西安玩的时候，他都会这么说，到现在我们一次都没有去过呢，西安真的像爸爸说的那么不好吗？"

继母给王立明盛上汤，"不要听你妹妹瞎说，不管西安好不好，你现在回去都是一个人，在这里，有家人的陪伴，还是好一些的。"

王立明说："我想过了，主要是我的性格不适合在这里发展，我也不忍心让你们四处求人，父亲这一辈子也不容易。我想好了，我更适合做个大学老师，我和我导师通过电话了，他希望我读博士，我想回去准备一下。"

他急切地想走，父亲和他的新家人让他感觉很不真实，这几天，他似乎都淡忘了和母亲相依为命的困苦日子，他必须离开，回到他熟悉的生活，相比眼下家庭的温暖，女友和他对未来生活的憧憬，反而更加真实。

看来，任何劝说都无济于事了，他已胸有成竹，并且很难动摇了。

王立明端起酒杯，说："我敬全家人一杯酒吧，感谢你们给了我亲人的温暖。昨天，我在街上遇到一个同学，我们是同一个导师，他过完年就来深圳找工作，到现在都没找到。他父亲在关外打工，住的是集体宿舍，他白天在外面找工作，晚上就和他父亲挤一张床，比起他，我幸福多了。我们这一届，毕业二十二个人，一半去了北京、上海,另一半就在深圳、广州找工作,都往大城市跑,难怪工作不好找。昨晚,我们在深圳的几个同学一起吃饭,都喝醉了,我们买好了明天的车票,一起回去。"王立明眼圈发红,喉咙发干,他强忍住自己的情绪,不让眼泪流出来。

继母说:"我们上大学那阵,一个班也就二十来个人,也难为这些孩子了,他们都很坚强,也很了不起。"

妹妹说:"那我还是不考大学了,读书这么累,读完研究生都找不到工作,干吗还费那个劲啊。"

王大川很不自在地说:"读书没用,不读书更没用。等你长大了,还不知道会怎么样呢,走着看吧。年轻人吃点苦是好事,我来深圳前在报社都混上主任了,来深圳还不是在街上派发小卡片?我们那个时候来深圳,还是带着理想、抱负的,只是忍受不了在老家被压制、被冷落才跑出来的。所以,有很多人常说,来深圳的人都是在内地混不下去的人,他们懂啥啊。"

"你们办公室那个老魏,在老家都是处长了,副局长没当上,赌气出来了,现在还是个一般干事,都快退休了,还是一副怀才不遇的样子,呵呵。"父亲的女人见父亲表情冷峻,忙岔开了话题,"立明,你是不是想你女朋友啦,急着要回去?你可以让她来深圳啊。"

"她父母让她留在身边,她也不喜欢南方,她说南方太热了。"

大家都不知道说什么才好，父子两个就喝酒。

"这次来，说实话，我很开心，妈妈去世后，我感到很绝望，有一阵子，我都快支持不住了，想换换环境，就来找父亲了。第一次见到父亲，既紧张又兴奋，毕竟二十多年没见了，要是在街上，面对面过去，我还真认不出来的。我也长大了，我会好好生活的，请放心。"

"既然你主意已定，我也不劝你了。这个家随时欢迎你回来。"父亲揽住儿子，父子俩再次喝酒，这是他们有生以来的第一次坦诚对话。

吃完饭，继母带着妹妹去街上买东西——既然要回去，就要给女朋友带些礼物回去，王立明怎么劝都没用，就和父亲回了宾馆。

王立明给父亲泡茶，父亲示意他坐下。父亲从口袋里拿出一张卡，递给王立明，"这是给你结婚用的，一直没机会给你，密码是你的生日。你结婚的房子，我也早就给你准备好了，就在你妈妈学校附近，她陪我一起去买的，她让我有机会亲手给你钥匙，明天我送你时，再给你钥匙。你妈妈的墓地我已经处理好了，钱也打过去了，是我大学同学帮忙办的，他现在是民政局局长，我把他的电话给你，他会帮你处理好的。本来我想和你一起回去，今早局长找我谈话，马上就要机构改革了，我一时半会走不了，你也长大了，等我忙完这件事，再回去看你和你妈妈。"

王立明把卡递还给父亲,"你的心意我领啦,我已经长大了,要自己养活自己。房子还是留给你退休后养老吧,现在家里的房子还是妈妈学校前几年分的,挺好的。其实,我这次来,就是想看看你抛弃我们母子是不是过上了你想要的好日子,但我看到的是你并没有我和妈妈想象中那么幸福,还是和以前一样,总是生活在困境中,想到这些,我总算也有点安慰,也给妈妈一个安慰。"

王大川把卡塞进儿子口袋,按住儿子想再次拿出来的手,"我走了,明天来送你,你早点睡,回去后常来电话。"

在王大川跨出门的那一刻,王立明喊了声"爸爸",王大川扶着门,他高大、肥胖的身躯有些发软,他朝儿子挥挥手,"早些睡吧。"

父亲走了,王立明觉得悲伤和时间正在一步步地吞噬着他们——这次相逢不仅没有拉近他们的距离,反而使他们父子渐行渐远。重获一个父亲的悲伤和喜悦在这潮湿暗淡的房间里逐次扩大……

(原载《长江文艺》2023年第12期 责任编辑:吴佳燕)

到 洱 城 去

我已做好了去洱城的准备。这段时间，一闲下来我就趴在地图上，一个城市一个城市地打量，我想找一条捷径抵达洱城。最后，我选定了两条路线，一条是从距我所在的城市一百五十公里外的省会广州，乘火车到天津，天津有直达牡丹江的快车，到了牡丹江，再坐五百里的汽车就可抵达洱城；但我还是选择了另一条路：从广州乘火车到北京，再到哈尔滨，哈尔滨有到洱城的火车，是趟隔天开的慢车。我还看了天气预报，哈尔滨的气温已到了零下22℃，洱城在中俄交界的乌苏里江边，气候要更寒冷。

对于洱城，我其实一无所知，选择洱城，是因为那里有一个叫祁阳的女孩已经连续几年给我写信，她最近的信中已经明确表示了我要再不出现，她就要嫁人了。去一个陌生而遥远的地方和她见面,即使一无所获也没什么大不了的,再说我也不喜欢待在深圳。

我沿街去买过冬的棉衣,只有那些价格昂贵的专卖店里才有中看不耐寒的棉衣,十二月的深圳,太阳依旧火辣辣的,女孩子的超短裙下,还露着形形色色的大腿。

我买了两件毛衣,跑了几条街才买到两条棉线裤,就这样上路了。

到了哈尔滨,我才想起该给祁阳打个电话,告诉她我将要到洱城来看她的消息。我在火车站广场上的一个公用电话亭里和祁阳通了电话,听到我的声音,她一时间话都说不出来了。后来,她说前几天她心里烦得要死,晚上就一个人在教学楼上待了一夜,将家里人也折腾了一夜。她曾答应家里人要嫁给那个警察,但到订婚时,她又飞快地逃走了,现在,家里正四处张罗着给她介绍对象,但她要等我,说什么也不答应。事情到这时,忽然变得复杂起来,我没有时间考虑,只说了声:"我现在在哈尔滨火车站,我已买到了晚上七点去洱城的车票,明天中午你就能看到我了。"她听了,似乎不太相信自己的耳朵,半晌才说:"我去车站接你。"

我一个人在哈尔滨游荡,肮脏的街道,破得快散架的公共汽车,还有浓妆艳抹的女人,这一切和我想象中的冰城是多么不同。时间还早,我身上裹了一件在北京买的军大衣，漫无目的地在哈尔滨的大街上走来走去，没有人理会我来自哪里又去往何处。中午，我索性花两块钱买了一张票，坐在火车站的录像厅里，将两部粗制滥造的香港片看了两遍。录像厅不清场，花两块钱你要不嫌空气不好，可以坐上一天。从录像厅出来，开往洱城的火车已开始检票，自此我才明白我此次的北国之行带有浓郁的赌博色彩，它已经卷入了一场事故，使我无意间将一个和我素不相识的女孩拉进了我的生活，一个穷乡僻壤的、一不高兴就可以一个人待在外头彻夜不归的女孩……

站台上乱哄哄的，到处都是肩扛手提了大包行李的商人和外出打工的农民，硬朗的东北话在冷风里灌进耳朵去，刺得耳膜发疼。

我在哈尔滨从一个票贩子手上买的卧铺票，怕是假票，上了车找到铺位后还有些不安，等到车开了换过票以后，心才踏实下来。天已经黑彻底了，站台上是孤零零的积雪和冷风，看不见诗意的北国风光。我爬上铺，躺下来，开始在心里给祁阳画像，我一遍又一遍地推翻自己，怎么也画不出一个符合此时心情的祁阳来，竟在不觉中睡了过去。

第二天中午，我被车厢里的吵闹声惊醒，是两个一同外出打工回来的农民喝醉了，在车厢里动起手来，还流了血。一个脸蛋红彤彤的姑娘，显然是打人的那个家伙的妹妹或者老婆，拉着那个粗俗得近乎丑陋的人的胳膊，她都急哭了。我忽然心里一动，祁阳若像这个姑娘多好啊，红彤彤的脸蛋，大大的眼睛，高挑而匀称的身材，她哭起来依然那么优雅，一点都不像是个村姑，像个学生。祁阳曾经也是个学生，在牡丹江上过大学，她现在是洱城中学的语文教员。

当我洗漱完毕回到车厢时，他们又恢复了平静，那个姑娘还在一边给他们陈述刚刚发生的争斗，他们听着也笑了起来。他们还在喝酒，那种我从未听说过的可能是当地产的白酒，就着花生米喝。

太阳出来了，大平原白茫茫一片，雪没有积多少，有许多地方的雪被风刮了起来，露出了黑乎乎的地皮，原野萧条而凄冷。

不久，火车就到了密山，他们几个下车去了，那个脸蛋红彤彤的姑娘下车时还冲我笑了一下，她给旁边那个男的说："这人可能是个搞音乐的，留那么长的头发。"那个男的回头瞟了我一眼，没有说话。他们下了车，在站台上站了一会儿，两个男的喝高了，有点飘，他们的行李堆了一地，那个姑娘还往车上看。火车开动了，不久就要抵达洱城，而我多想从密山下车，和这个脸蛋红彤彤的姑娘在雪地上走走，拉拉家常。

车窗外寂寥的村庄一个个地被抛了出去，车厢里酒气熏天，划拳的、吹牛的，都是一色的大嗓门，我成了一个孤独的人，没有人和我说话，他们把我看成一个地道的南方人，一个羞涩、胆怯的南方人。我拿着一本《段祺瑞传》翻了一路，原来，真实的段祺瑞和小时候历史课本上的段祺瑞是多么不同，但这有什么意思，车上车下的人谁还会关心这样一个人？我若和旁边的一个跑长途贩运的贩子说起这些，他准认定我是个病人。和这些酒鬼、贩子一样，我也是个无聊的人，从鸟语花香的广东到天寒地冻的洱城来，不过是为了寻求解脱。我放下书，爬上铺去躺下，祁阳这时也该准备着去车站接我了吧？

洱城在平原的末梢，火车进入洱城时是午后三点，太阳已经西斜，整个原野呈现出黄昏的景象。火车进入站台前，看不见一个人，铁路旁边是蔫头耷脑的、被稀稀落落的雪粉妆过的树木。车站是露天的，接客的人在轨道边等着，客人从火车上下来便可以径直走到冻在积雪下的县城的街道上去。

我在人群中搜寻着祁阳，我光挑好看的姑娘看，她们的脖子上都没系白围巾，我有点失望，车站里根本没有系白围巾的姑娘。这时，有个戴了一顶线织白帽子的姑娘走了过来，站在我的面前说："是你吗？"我说："是的。"她说："你怎么像个南方人？"我说："我是正宗的北方人。"她将我领出车站，她的自行车就放在外面。她推着车，和我并肩走在冻得结结实实的县城外面的街道上,往她家里走,两个人谁也不说话,大概谁也不想先打破这种相互间的极度失望,就这样并排走着,任凭脚下的积雪干而脆地响着。

走了一会儿,祁阳停下来,说:"假如我不跟你走,你会不会生气?"

我说:"不会。"她便一手推车,一手挽着我的胳膊。我说:"当心滑倒。"她满不在乎地说:"习惯了。"

我偷偷打量了一下祁阳,高高的个子,大嘴巴,白白的皮肤这时冻得发青了,她的五官应该说不难看,只是有些土气,也不是特别讲卫生,可能是天气寒冷的缘故,但她大冷的天也不戴手套,手上是长而脏的指甲。我将手套脱下来递给她,她一挥手,说:"习惯了,不冷。"看得出,她是个穷人家的孩子,穷人家的孩子大都生得长脚大手、不娇贵。

"你到洱城来,请了几天假?"祁阳说。

"我是辞了职过来看你的,没有假。"我随口扯了个谎。

她停下来,有些不大相信。我说:"我不太喜欢记者这个职业,想重新换个单位,原单位不同意,就不要这个工作了。"

"那你万一找不到工作,吃什么?"

"这么大个世界,还能没个吃饭的地方?就不谈这个了吧。"

祁阳说："到了我家，你可不能说你是辞了职跑过来的，我家人不喜欢这种不踏实的人。"

事情到这时已越来越复杂，我已没了退路，我想祁阳已经把我这次的洱城之行当成一次相亲，所以她在车站一看见我才会脱口而出说我长得像个南方人，这与洱城的审美习惯背道而驰。

祁阳说："让你住在我哥家楼下的电厂招待所，你不生气吧？那是洱城最好的招待所，电厂效益好，招待所条件也好，房子很暖和。我给你送饭也方便。"

冷风直往脖子里钻，走了有半个小时，看到了冷风中大大的电厂的牌子，祁阳说："看，就在前面，我哥是电厂的供销科长，家里有二房一厅。"说完，她转过身，问："你住多大的房子？"我说："像我这样刚大学毕业不久的人，根本分不到房子，单位在外面租了房子，分了一间给我住。"祁阳说："瞧你，就是娶了我也养不活我。"说完，她竟毫无顾忌地笑了起来。

路上没有一个人，我忽然有点想做个恶作剧，嘲讽一下祁阳，但这无济于事，在两个人的游戏中，我已经失败了，因为抢先迈出了一步，现在做什么都没有用。

祁阳说："我说过的话都还算数，你这么远来了，我家人对你怎样我都对你好，我说话算数，你要的我都给你。"

"你什么都给不了我。"我说。看着她,我一股火直冲脑门。

她不再说话,依旧右手推车,左手挽住我的胳膊,我背上是大大的旅行背包,我想祁阳可能经常和人这样走路,才有了这样的功夫,一路上从未打滑。

进了电厂,上了她哥家,屋子里没有一个人,祁阳说:"家里人躲出去了。"她将我领进她的小屋,脱下笨重而难看的棉衣,顿时美丽了许多。她站在镜子前,梳了梳头发,又往嘴上涂了点口红,过来坐在我的身边,用她粗糙的手将我的手握住,说:"你怎么不往结实里长一点?你看洱城的小伙子,多魁实啊!"我将手抽回来,说:"你去洗一下手,你推了一路的车,手上全是汗,一沾土,都成泥了。"祁阳将手放在眼皮下看了看,说:"好吧,你坐着,我去洗手,家里有的是热水。"

她出去洗手了,我有点悲哀,我想等她进来后就告诉她,明天中午,我再乘回哈尔滨的火车返回,我不想留在这里,像个傻瓜似的给她解闷。

事情发展到此,我才明白祁阳和我一样,是一个在生活中比较郁闷的人,两个人在无聊生活当中各自为自己的浪漫情怀设计了一个艳遇的故事,这个本该很美丽的故事,却因我的出现而将两人带回到各自都不想面对的现实之中。

祁阳洗完手，又坐到我的身边，拉着我的手，说："你能把我调到广东去吗？"她的肩膀一下一下地撞着我的后背，我没有说什么，将她拥进怀里。和所有这个时代的人一样，在直接或间接的经验中，我学会了不用感情而仅仅依靠需要就和女人调情、做爱的本领，这在此时是多么宝贵。

祁阳躺在她的小床上，我看着她一件件地脱下老土而破旧的内衣，将她的身体展示，她每脱一件衣服，都要问一声："我美吗？"我摇摇头，她继续问："我白吗？"我还是摇头，最后她问："我性感吗？"她的体型松松垮垮，骨骼出奇地大，一对毫无形状的乳房堆在胸前，让人看了难受。她说，她最恨母亲让她长了这么一对乳房，平日去澡堂洗澡，女人们都盯着它窃笑。有一次坐车，她睡过去了，感到有点不对劲，醒来一看，是一个坏人不知何时解开了她的衣服，在她的胸上抚摸。我想不管作为她的朋友还是知己都应该劝她买一个钢圈做的那类乳罩，改变一下乳房的形状，这对她对朋友都好，但我说不出口，我也不想在她面前表现出我对女人这方面的知识。我想起大学时的女朋友，她的乳房小巧而结实，为了掩饰它的小巧，她常常在我面前拍着它说："它是多么理智啊！"女人有时比男人更在乎她的身体，身体是女人的本钱。

在祁阳窄而硬的床上，我躺了一会儿就起来了，祁阳说:"你太紧张,没有高潮吗?"我说有没有无所谓。她坐起来,穿上衣服,恢复了刚见面时的冷漠。我告诉她,明天我就乘坐回哈尔滨的火车离开洱城,以免她的家人在外面藏身。她说:"不管这些,我们先去电厂招待所给你登记一个房间吧。"

下楼时,我们碰见了祁阳的嫂子和侄子,他们刚从娘家回来,脸上头上挂着霜,一上楼温度一高便化成了水珠子,看上去湿漉漉的。祁阳的嫂子说:"晚上到家来吃饭,你二哥他们晚上也过来。"下了楼,我心情特别灰暗,我多想祁阳是个孤儿,即使我和她真的恋爱,要结婚了,这些事都是我们俩的,没有那么多无关的人事。

电厂的招待所很简朴,祁阳来时给我抱来了她的枕头,还带了一条毯子。我和祁阳坐在床上,因为只登记了一张床,怕有人进来,我们就这样相互偎着坐在床上。

祁阳说:"你在那边有女朋友吗?"

我说:"以前有,后来吹了,就一直没找。"

祁阳说:"是找不到吧?"

我说:"可能是这样。"

祁阳说:"我想也是。我家人都说你是在外头找不到朋友了,才跑到洱城来找我,我们小地方的人好上手。"

她的话将我逗乐了。我似乎已经默认了到洱城来和她见面、相亲这件事,这也没什么不好,作为穷乡僻壤的洱城人，对我这次鲁莽的洱城之行，只能理解成千里迢迢来相亲这样一个基本事实，他们怎么能够相信、理解并信赖一个因为心情不好就离家远行的青年呢？他们从古到今就没经验过这种事。要听了这种理由，不笑掉大牙才怪呢。

祁阳躺在我的怀里，说："我们班有三个女孩远嫁他乡，一个去了北京，一个去了宁波，最远的嫁了个老头去了美国。她们说我也会嫁到广东去，嫁给一个记者，你不知道她们有多羡慕我，说我是个幸运的人，认识了一个记者，而记者，对一个像我们这样的文科大学生来说，是多么容易就接受的幸福啊。你来了，长得像个南方人不说，还辞了职，没钱，又没房子，你又有什么呢？"

她用头在我胸脯上撞来撞去，乐呵呵的，没一点忧伤。

我说："你又能给我什么？"

她用手勾住我的脖子，说："我将我所有的东西都给了你，你还要什么？"

"你什么都没给我，什么都没有。"我说。

她用拳头捶打着我的胸脯，说："你没良心，我刚将我的身体给你，你就反悔了，你这么远跑来，就为了害我。"

我说："你的身体不是你最宝贵的，身体每个人都有，而我以前对你期望的是别人没有而你有的一种能让我平静的东西,现在,你也没有了,一切都结束了。"

她没有再闹下去,停了一会儿,她说:"我得为家里人考虑啊。再说,我给你写了三年信,你为什么今天才来?我最好的时光,给了另一个人,那是为了报复你迟迟不来,我才那样做的。"

有人敲门,进来的是祁阳的二哥,他是个卡车司机,倒挺和善,我注意到他的屁股后面卷起来插着一本地摊上常见的那类杂志。他和我打过招呼,递给我一支烟,坐下来,说:"你来了,也好,大家见见面,心里也就踏实了。祁阳这孩子在家里最小,大伙都宠她,给宠坏了,她说什么都不处朋友,眼看二十六七岁了,家里人能不急吗?她说要等你,这天南海北的,也不知根知底,万一有个闪失,到哪儿去买后悔药呢?我这几天留心了一下杂志,上边满是这种被骗的事,再说,广东那地方,是个花花世界,咱小地方的人,也施展不开。"

我说:"到洱城来看看,散散心,也见了祁阳,见她生活得挺好,心里也高兴,我明天就可以坐车回去了。"

祁阳说:"我活得一点都不好,一点都不好,没意思透了。"

祁阳她二哥瞪了祁阳一眼,说:"来了就玩几天再走,咱这小地方没什么好玩的,既然来了,还是要住几天的。"又对祁阳说:"你过一会儿带他上来吃饭。"

他起身出去了，头上的棉帽子没有系住，一走路便两下里哗啦。

祁阳偎在我怀里说："谁让你走，我跟谁急，我就不让你走。"

她这时倒安详地躺在我的怀里，不吵不闹，也不再挑剔了。

晚上，上了楼，屋子里已经坐满了人。祁阳有两个哥哥、三个姐姐，他们都已成家，有了孩子，她二哥还接来了父母，大人、小孩聚在二房一厅里，赶集似的。我一下子头昏脑涨，我向来不喜欢这种亲情，卷入这样的尴尬情景中完全出乎我的意料。见我进来，祁阳的大嫂忙着给我介绍家人，他们都比祁阳年长，除了那些孩子，大人的表情都像洱城的天气一样冰冷。

整个晚上，我一言不发，他们说什么，我也没听清楚。祁阳去帮她大嫂做饭了，丢下我坐在她的家人中间，我有几次都想站起来离去，我想他们真的认为我是来洱城拐卖他们的祁阳来了，或者要摆出一副这样的蛮横而且老土的阵势吓退我。他们说什么，我都乐呵呵的，给我的白酒我一滴不剩地喝下去，他们不知道我能喝酒，洱城天气寒冷，过量一点也没什么要紧，但后来祁阳过来收走了我的酒杯，她还向我发了脾气。

我看看祁阳的两个哥哥、三个姐姐，还有她的父母，她的母亲显然是家里管事的，肥胖的身子陷在凳子上，每说一句话都要浪费很多能量。她的三个姐夫都低了头吃饭，谁也不说话，显然已熟悉了这种场景，可能还在心里窃笑。

这一夜，大家不欢而散，离开时，祁阳还跟她父母吵了一架。我夹在他们中间，感到祁阳非常可怜。出了门，走在街上，祁阳拉着我的胳膊，说："家里人太宠我了，才会这样。"我说："我还是走吧，免得你和他们翻脸。"祁阳一甩手，说："你现在说走，你刚下车见了我为什么不走？你走了，我怎么办？你就住在这儿，看谁敢把你怎样，我不让你走，你就不能走。"

我想起了祁阳母亲的话，她说你写东西到哪里都可以写，那就到洱城来，和祁阳结婚，在洱城住上两年再走。我不想陷入这种绵绵无绝期的日常生活的厮杀中去，才从深圳逃了出来，刚出来又掉入婚姻的陷阱，这个世界，哪里才是我的寄身之处呢？

祁阳第二天早上还要给学生上课，我让她回去休息，她说什么都不肯走。房间里又住进来了两个江苏昆山的生意人，烟雾弥漫。祁阳说："我不想回去，我要在这里，和你在一起。"招待所的服务员已经是第三次来赶祁阳了，这一次她满脸怒火，说话也不怎么客气，祁阳走时将门摔得山响。

就要过元旦了，这一年的元旦距离大年特别近，元旦一过，火车票就会紧张，买不上回程的票，我到哪里去过年呢？

第二天中午，祁阳回来了，学校里放三天假，她显得很兴奋。我向她说了我的想法，她在床上坐了半天，没说话。我已收拾好了东西，并将在哈尔滨买的一块手表送给祁阳。祁阳坐了一会儿，说："你会不会从此将我忘了，再也不来看我？"我说："是这样，我们的路已走到头了。"她说："也许，路一开始就错了，结果还是错……"

（原载《延河》2002年第10期，发表时名为《路上的爱情》
责任编辑：张艳茜）

突　围

风比天还要大，这个季节天说变就变。一眼望出去，目光里塞的全是把头缩在衣领里走路的学生。春天就要到了，对西安来说春天像阳光里的浮尘。漫长的冬季和炎热的夏天包揽了四季，春天只有在此跳跃的份了。这将是怎样的一个春天啊，它一开始就没有一个好颜色，要让人带着深深的疑虑进入四季。

校园里依旧像开了锅，下了课的学生纷纷从两边的教学楼里挤出来，分散在去食堂与校外的绿荫小道上。

我和郁子坐在教学六楼的一个窗口，看校园里的风景，这是春天给我上的第一课。

"你说这天怎么就这么个德行呢？"郁子打了一个幅度很大的手势。她说话时喜欢打手势，而且幅度很大，常给人一种要拥抱的甜蜜感,这样的手势让人很自豪。

人是很矛盾的。一部分人欣喜若狂时,另一部分人就要保持沉默。郁子是一个热情大方、单纯而清秀的女孩子,这种女孩子很招人爱。但我们只是在一边凑热闹,大家各自怀揣着心事,谁也不明了对方心里想着什么。只有王永的心情非常裸露。他一进校门就和郁子眉来眼去的,成了比较接近的朋友,而郁子对谁都表现出的大度使他常常闷闷不乐。大伙都知道王永的心事,却寻着心思找郁子瞎聊,郁子和谁都能聊得来,这时,王永的眉头就紧锁着,在一边沉思默想。

我和王永是一个班的,住同一个宿舍。我们宿舍住两个人,宿舍和学生公寓分得很开,在校医院的四楼。校方认为我们班的人大都是些生活自由的文化人,许多人都有了些年纪,不便和郁子她们这样两小无猜的孩子们住在同一幢公寓里,便让我们和学生们分开住。但什么也阻挡不了美好事物对人的诱惑,即便这样,从郁子她们那边的公寓里,还是有许多女孩子源源不断地走上楼来,加入"鸦群"的合唱。郁子也是在这样的情况下和我们认识,并和王永拉近了距离。有好多的学生来和我们弄同学聚会、老乡会、联谊会,五花八门的聚会使楼道整天乱哄哄的。

王永那天洗完衣服回房时,带进来一个女孩,他说这是他的山东老乡,叫郁子,是他在洗衣房里认识的。郁子跟她的同学到楼上来玩，她的同学认老乡，谈得很投机，她出来在楼道里转悠，认识了王永，还认了个老乡。王永那天特别地健谈，把他前半生的话都说了。他以前很木讷，半天也吐不出一个字来，听着让人着急，这一次是例外。他和郁子谈话时眼老往我脸上溜，郁子也是，我看出了些什么。郁子一看我，王永就说我的缺点。在房里坐着没趣，我就先出去了。楼道里洋溢着的青春之气让人压抑。这个阳光明媚的午后我却没有好去处，便去在校外租了房住的同学处喝酒。

今天，郁子的眼光很忧郁，这是她难得的安闲。其实我和王永一样，太不喜欢她的疯狂劲了，你说人怎么能和什么人都谈得来，聊得起劲呢？郁子这时的神态就非常安详，她的痛苦状看上去要比幸福状温柔、恬静多了。王永和我是无话不谈的好朋友，郁子也就不对我保守什么。我不喜欢这样的场景。郁子再好也不是我的人，和别人的朋友坐在一起看起来很诗意，但那种巨大的孤独快把我淹死了。王永这家伙下去买东西了，半天不上来，他是个贫穷的奢侈者，有钱一天可以看三场录像、买两套衣服。他零食吃得很多，可以和郁子拼一拼的，郁子可是吃零食的好手，她妈妈过去就在一个副食品商店里当营业员。王永没有这个天然的条件，他父亲是个矿工，母亲做家务，他却养成了这个坏习惯，要过有闲阶层的生活。郁子她们班的学生要比我年龄大一点，按理我该到低年级去选修一些课，但那些课我以前程度不一地都学过，就跟班上年龄大的同学一起上课，选一些看似高深实则无关痛痒的课程。

郁子今天的神态有些反常。这少有的安宁倒使我手足无措，不知说什么好了。王永终于爬上楼来，他手里拎着三包甘草瓜子，一包已打了开来，嘴里正忙活着，郁子看见他，神色倒镇静了一点，看得出她是有一些慌乱的。我有点不想上课了，这课上与不上都一个样，老师讲来讲去也是课本上那几句，一点格都不会出，闲了自己看一遍就行。已有学生卷了书包撤退，我也收拾了一下，就两本书几张纸，从中学时代就这样了。王永这几天也有些反常，以前只要郁子在，他巴不得我快点走，现在竟倒了过来，我一走，他也要跟着走。郁子抬起头来，眼里已盈满了泪水。我选修她们班的课，上不上、修不修都是这样了，中文系就这么个行情。郁子不太好走，那个老头很严厉，上下课要点名，用这种方式抓紧听众。郁子看看王永，知道他没有要求她一起走的意思，就愣在那里，目送我们离去。

风依然大。我和王永去校外的菜场上买了些白菜、豆腐回来，他又拎了瓶沱牌，我们便在宿舍里做所谓的陕西火锅。我俩都不胜酒力，王永好一点，喝个半斤，我只能喝三四两，一瓶酒喝了大半天也不见下去。郁子这一天到头也没有出现。

这样的日子一直到了五一，天知道他们是怎样熬过来的。郁子再也没来过我们宿舍，偶尔在校园里见着，也是很勉强地笑一笑，我们也再没去上过那门课。王永这阵子好像和学校后面一个民办女大的学生打得火热，把郁子抛在了脑后。那是一个和郁子反差特别强烈的女孩，和王永一样：小个，体胖，性情随和，两只眼睛八面转悠。我见过一次就发誓这辈子都不愿见这样的女孩，她那种浅薄的清高和自以为是比她的丑陋和俗气还可怕。她看见王永桌上郁子的照片，把郁子恨恨挖苦了几句，我说："你自己长好点就行了。"她白我一眼没说话，王永只在一边偷着发笑。晚上我去看了双场电影，是王永给我买的票，他让我给他一个空间，好和那个女孩子做事情。电影一点也不好看，我睡了一觉，电影就完了，回去后见王永蒙着被子在床上流泪，那个女的自己走了，他也不送。

"没意思！没意思透了！"王永站起来，在房子乱晃胳膊。"你和女孩子有过动人的故事吗？不，一点都不动人，是那种事。"

我忙摇头。

他又说了好多没意思的话。

我说是对象不同的缘故，要跟郁子，就不一样了。

"你看上了郁子，要不怎么常在我跟前提她的名字。"

"我不会爱别人爱过的女孩的。不管用什么方式被人爱过的女孩子我都不会爱。"

他有点坐不住了。

"我和郁子只接过吻。"

"我也会恶心的。"

这一夜就没谈别的。

学校的空气沉闷得要死,我们心中整天憋着一股火,一股无名之火,也不知该如何浇灭。校外的商业市场比这所老牌大学发展得快多啦,没事去市场上晃几圈,已成了我们不可缺少的消遣。

生活中有很多事都是备好了存放在一边,等着你进入它的圈套。王永在有限的奢侈生活之后,经济上的危机也随之而来。他父亲的煤矿赔得厉害,工资也发不上,去给别人帮工,累得住了院,一下子花去四千块钱,单位不给报,家里积蓄下来准备让他读书的钱全挪了进去。这个月,家里还没寄钱来,有几次我看见他在自由市场上的一排饭馆前徘徊,他会放下脸面,尝一尝自己挣钱的滋味吗?

更大的麻烦也随之而来。在王永正为经济犯愁之时,他朝思暮想的那位扬州女孩忽然来了电报,她要到西安来,和他一起去西部看看。这样的事要在几个月前,王永一定会高兴得跳起来,可现在已今非昔比了,他是个连生活都无法维持的贫穷者了,连零食也吃不上,去西部是多么遥远、荒凉的梦想啊!

一天午后，我从城里回来时，宿舍里多了个人，是那个从北京坐车赶来西安的扬州女孩石头，一个水一样的女孩子却起了这么硬的名字。晚上我们给石头洗尘，石头脏话连篇，还要吸最好最好的烟，吃最好最好的菜。餐厅里始终笼罩着一层抑郁的气息。

王永在一边一根接一根地吸烟。我坐在边上，有种掉入井底的隔离感。看得出，巨大的欢乐早已打消和减弱了物质对他的压力，一个远道而来的女孩子，唤起了他多少不为人知也不为人所理解的心事啊！石头的面容笼罩在袅袅而起的烟雾之中，她勉强而做作的笑容始终皱巴巴的，她即使不编织美丽的谎言，她的媚眼和嗲声嗲气也足以使王永死心塌地的。我是个局外人，从王永以前给我百般描述的诗意里，我能感知到他的悲剧。依我的眼光看，他和石头除了有巨大的反差以外，没有任何爱的语言可言。生活之中哪有那么多的诗意来让人挥洒呢？而许多被人拥有和继续的爱情，其本质都很平常，甚至很乏味。这种诗意很多时候都出现在我现在正在描画的文字里。石头背靠王永，一口接一口地吐着烟圈。那一包九块钱的摩尔，在这个时候，要养活王永一个星期的，现在已剩了不多的几根。王永此刻压根就没想起来，这短暂的奢侈，要用多少顿咸菜就馒头、多少次拿着饭碗在食堂里徘徊许久之后买两个馒头回来，避着我吞下肚来弥补。和郁子那时候就有这样的经历了。王永是个自尊心很强的人，他那过分的自尊常常给人一种非常勉强又非常虚伪的感觉。我知道他一连几次吃咸菜就馒头了，便请他去大学南路吃砂锅。他有钱了常请我看录像，我从来没有答应他一天看三次。我在经济上要比他宽松得多，但他把很多钱花在女人身上，而我把很多钱花在邮费和买书上，他被女人折磨得很贫穷，我被那些无用的书籍压得很贫穷。王永是个执迷不悟的人，在女大那个和他匆忙上床又下床的女生之后，我多次劝他不要在这些女人身上花费太多的时间，他热爱妇女的劲头却有增无减。在他把仅有的钱财全花费到女人身上以后，我和几个要好的同学约定都不帮他，因为这样的生活是对天才的浪费。没有人怀疑王永超人的天资和才气，他吸引女人的也正是这些。这些朴实无华的女学生，用我们的话说简直是为艺术献身、为诗人献身。王永要走在街上，没有人会相信他是个诗人，是一个很有天分的诗人。要是郁子和石头随便哪个跟他上街，人们宁愿猜想他是郊区哪个村上靠养猪和贩卖发家的暴发户，也不会猜想他是贫穷而落魄的穷学生，是个诗人。

王永和石头比赛着抽烟，他们一点也没想过这个夜晚我又要上哪个同学处去借宿，还要临时创作一个美丽的借口。吃饭时我们三个人各怀心事，都锁紧了双眉，而我的想法又是那么多余和幼稚。

王永去结账了，他的眉头皱了皱，很不情愿地付了钱。和他说好的，他给石头洗尘，我给她送行，今天他砸锅卖铁也要放血。

从餐馆里出来，王永和石头的神态都不是春风得意的。王永紧锁双眉，满脸愁云，我知道，他现在比进入餐馆前，无论从精神上，还是物质上都更加贫穷。石头的不快又预示着什么呢？

王永还是和石头西去了。这一次，他已不惜代价。我想他是取了存在银行里准备交学费的钱，和石头去西部的。这一次西部之行所付出的代价，他将终生无法偿还。

两个人住习惯了，忽然间房子里剩了我一个人，我一下子手足无措。刚开始还行，慢慢就坐不住了。这个可恶的王永，一走就一个星期，只来了封信，是在西宁寄给我的，信很短，只是问候了一下，谈了几句感受就再也没有音讯了。更可恶的是我有天竟然也去看了三场录像，有个周末还看了通宵电影。坐在电影院里，那种巨大而无奈的孤独感压迫着我，使我一步步接近着王永的心灵。这时我才明白了他宁愿用馒头就咸菜吃也要去录像厅的心情。我中学时代带过来的良好心境被这样的夜晚葬送了。

有天下午，郁子忽然敲开了我的房门。当时我正在写一篇小说，她的出现使我停止了涌动的思绪，把心收了回来。

郁子这一次非常腼腆，一改早先的活泼之气，她骤然的转变让我始料不及。

"我是爱王永的，当时，我不想把它很明了地说给他听。我和计算机系那个男孩，根本就没什么，谁知道他就忍受不了呢！"

郁子的严肃面孔让人有种要落泪的感觉。平心而论，她乐起来还是更美丽些。但那种对谁都亲切的劲头，不说爱她的王永，我都会难为情。

"他很自私的。其实，哪一个女孩身上没一点骚气呢？只是有的人聪明，有的人愚蠢罢了。"

她又谈起了石头。她对石头有着让人猝不及防的宽容心。王永和石头看电影时，碰到了她，给她们做了介绍。郁子在心里是俯视石头的。无论从哪方面讲，她都比石头优秀得多，更何况石头忧郁的眼神之中根本就没盛下王永。

"墙上的窗户不是门，女人不是人。记下我这句话。"郁子的感伤是缘于自己的情感呢还是别的什么，我至今也不清楚，但她说这话时的恳切与急盼多少带有对自己的放纵和开脱。

"你恋爱过吗？"她盯着我问。

"我单恋过一个女孩。可她个子比我高，我没敢下手。我喜欢比我高的女孩。"

我想这话会使郁子哈哈大笑的，可她没有，她的伤感在我们房间里弥漫了一个下午。

"你虽然人比黄花瘦,但像个文人,有文人的魅力,有很多女孩子也是喜欢这种类型的男人的。就像我和他上街,那么多人的眼光都在询问着什么,又有什么要紧?可是现在,我们分手了,不再相爱了。鬼知道那么多的女孩爱你们班男人什么呢。你小子也一样,我们宿舍就有两个女孩常谈起你,尽管她们不漂亮。她们考上这所学校容易吗?可她们依然要谈论你。"

郁子的话使我怒火中烧,但我没有发火。我知道会有女孩热烈地爱着我,就像爱王永似的,但我不想在这个年龄走进爱情。这是一个不懂爱的年龄,会助长人的一种惰性。

这个下午的谈话除了使我知道郁子始终对王永一往情深外,几乎一无所获。晚上,我请郁子在大学南路的一家砂锅店里吃狗肉砂锅,这是我大学时代请女孩子吃饭花钱最多的一次,还是为了她对王永的那份爱心。

两个星期后,王永和石头一身风尘而归。他进门的第一句话就是他和石头如何用最后的十块钱度过这漫长的旅程,回到西安,回到这个公寓。他们买了好多刀和首饰,摆了满满一桌子。这些精致的工艺品太让人迷醉了。

西安的天还是那样的颜色。这斑驳的面孔有种把人往紧缩的感觉。越是这样,生活的乏味感越是漫长。

还是坐在这家餐厅里,还是我们三个人,还吃上次的菜,喝上次的酒和饮料,抽上次一样牌子的烟卷。

整个夜晚我们都在压抑中度过,甚至连笑一笑、开个玩笑的机会都没有。这次西部之行不像想象的那么愉快,王永和石头都像做错了事的孩子,他们的懊悔与垂头丧气比这即将来临的末日还要沉重,还要使人无法原谅自己的过失。我坐了一会儿便提前走了,把这最后的一点时间留给他们。

晚上石头要乘火车去北京,那边有人接应她,天知道这个世界上有多少人爱着她。我送他们到校门外,石头来时一无所有,这次走时,却有大包小包的书和各种杂物,累得王永和我直骂娘。出租车载着他们离去,我一个人站在夜空里,我的心比王永还要寒冷。

王永什么时候回到公寓里来的,我不得而知,早上醒来,我看见他缩在床上已睡了过去,脸颊上的尘土被泪水冲得一道一道的,像是鸡爪在上边落下了一样。我给他盖毡子时,惊醒了他,他一下坐了起来,脸上露出很勉强的笑。

"我把那婊子送到车站,一个人走了回来。"王永很少说粗话,对石头使用这样的词,可见他此刻的心情要多糟有多糟。

"你打算怎么办?"我问。

"这学我不上了。社会发展到什么时候都是文化高的人混得背运。我们的方向不同，各自好自为之吧。"

王永的退路我早就想到了。他现在说出来我一点也不感到突然。

今天是个晴天，一大早校园里就闹哄哄的。这个清早使我对理想和我自己所行走的路程产生了怀疑。我们这些为文学所累的人，到头来，有几个还能直面自己的"尊容"呢？或许路走到头时，我才发现为之奋斗一生的结局原来是一场美丽的骗局，已经有很多的人偏离自己的轨道。

王永又恢复了早先的生活态度。他把那笔学费中最后的部分也拿了出来，要在这最后时刻挥霍掉。他一天还是三场录像，每顿饭都在街上吃，不过，没见他再买衣服，他已不再关心自己的尊容，像所有知足常乐的男人一样，为上帝赐给自己的或丑或英俊的面容伤心骄傲是人最大的不知廉耻的悲剧。

我没有去为王永送行。王永说这样的场面有种奔赴刑场的感觉，他接受不了，我就没有去车站。他一个人坐出租车离开了学校，从此进入滚滚红尘之中。

王永走了以后，我的房子搬进来一个大我十几岁的南方人，生活之中他比王永更消极，我常常夜半被他梦中的恐惧惊醒，这难道是我的归宿吗？过多的时候，我困扰于一种命运里，对眼前的事熟视无睹。

王永来信了，他现在在矿上的一个小学里教书，闲时和矿工下棋、打麻将，日子倒也过得有滋味。

这以后，我也忙于别的事，把王永渐渐给淡忘了。也没有人谈起他，他在班上本来就不是很引人注目的人。直到我工作以后，才从一位同学处知道了一点他的消息，他已经和矿上的一个女工结婚了。我不知道该为他高兴还是流泪，可他毕竟有了自己的归宿，不像我们，始终像一座漂流的岛。

郁子和石头都没有消息，她们的下落我不得而知，她们要是知道王永的现状，会和我一样沉默无语吗？生活之中和她们擦肩而过的人太多了，和她们爱过的人也太多，她们怎么有心来记王永这样的一个人物呢？

（原载《萌芽》1993年第8期　责任编辑：胡玮莳）

曹家父子

很多时候，我们对一个人的印象，大都来自街谈巷议或者是流言蜚语，而无心去理会或者深究事情的真伪，这已成一种习惯，它阻碍了我们探究真相的冲动和勇气，使错的一直错了下去，而对的呢，也在流言的传播中真伪难辨。

你还记得那个叫曹桂林的人吗？就是整天骑着摩托在镇上招摇过市、欺男霸女的曹桂林。你不记得也不怪你，他离开镇子也有些年头了，至今杳无音信。曹桂林走了，镇里的风气并没有因为曹桂林的离开让人安心，倒是越来越乱了，恶棍、赌徒、偷鸡摸狗的人和搞破鞋的层出不穷，难道这世事真的变了吗？

镇里一些上了年纪的人，对曹桂林依然印象深刻。曹桂林很小就是镇里人谈论的话题，他具体是从什么时候开始成为人们谈论的话题的，谁也说不清楚了，只是听一些喜欢搬弄是非的人讲，曹桂林在上小学五年级时，象棋下得很好，他曾在镇政府院子的石阶上，杀得他在新疆一个边防部队当营长的舅舅满头大汗。镇政府的院子里有几个水泥制成的台子，主要是给镇政府的人吃饭用的，当时不知是谁在上面刻了象棋、围棋的棋盘，围棋那个台子除了吃饭，基本上没有用过，镇里会下围棋的人不多，也不知刻这棋盘的人是什么意思，他是在嘲笑镇里人的见识短浅和老土吗？谁知道呢。也就是从那个时候起，十三岁的曹桂林从镇里众多的孩子中脱颖而出，成了一个在镇里家喻户晓的人。

有好事的人曾多次找曹桂林下过棋，都是输多赢少，据他们说，因为是慕名而来找一个孩子下棋，心里先是多了一份谨慎，出手也就格外地保守，再说慕名而来找一个孩子下棋，想要赢下来的心思也就格外地重，谁会心甘情愿败在一个孩子手里呢？而曹桂林下棋只是为了好玩，他的心思不在输赢上。因为名声在外，即便他随意走的一步棋，对方都常常会以为是一个迷局而乱了方寸，但他下棋从不在乎一车一马的得失，而且擅长用炮，使对手防不胜防。后来，人们摸清了曹桂林的路子，和他下棋，总是先设法杀掉他的炮，使他无所适从。他为什么总喜欢用炮，也特别喜欢用炮呢？因为他还是个孩子，性格毛躁，他没有耐心和大人去耗，总想三下五除二就拿下对手，让你甘拜下风。

曹桂林的弱点被人摸清以后，他就很少下棋了。那些他以前的手下败将总想和他再杀几盘，赢回过去的颜面，但曹桂林再也不给他们以显身手的机会，他不再沉湎下棋了，而那些手下败将呢？曹桂林不再下棋，他们就无法证明他们现在的棋艺已经远远超过了曹桂林，他们就说，曹桂林的棋其实下得很臭，他为什么还总是能赢呢？一来他毕竟是个孩子，他们不忍心赢一个孩子；二来呢，曹桂林是镇长的儿子，打狗还要看主人，镇长的儿子嘛，多少还是要给些面子的。

不再下棋的曹桂林从此迷上了武术，镇里的孩子大都迷恋武术，那是在镇上拉练的解放军在镇子的广场上放映了电影《少林寺》以后。镇里人第一次看武打电影，第一次知道少林武术是这样地震撼人心，尤其是孩子们，有一身好功夫成了他们那个夜晚最大的梦想。

这个地处关中平原西部的小镇，从来就没有习武的传统，这里民风淳朴，自古以来人们就日出而作、日落而息，历来都是一个太平小镇。它隐匿在宝平公路边，两边是绵延数百里的旱塬，一来不是交通要道，二来也从来不是一个富饶之地，很容易就被忽略在有野心之人的视线之外，在人们的记忆里,甚至老辈人留下来的历史中,这个小镇从来就没有发生过战事,这样的一个小镇,谁还会起早贪黑地练武呢?就是练了一身好武功也无用武之地。

孩子们聚拢在一起,在河边的杨树林里翻跟斗,嘴里哇啦乱叫着打树的举动,也没持续多久——镇里的许多孩子在农忙时节还要帮大人干些农活,像曹桂林这样父母都是吃公家饭的孩子也没几个,孩子们喜欢凑热闹,人一少这个圈子也便慢慢散了,只有曹桂林和镇小学校长的儿子两个人,经常在河边的杨树林里出现。他们用绳子将书绑在树上,用拳头击打,用脚踢,也会从河里弄一洗脸盆细沙,用手绢裹住手去插,能够想到的招数他们都要尝试一下,不久,他们都学会了鲤鱼打挺,打旋子,一掌下去也能击碎三片瓦了。

曹桂林忽然热衷于练武的举动,使他在镇小学教书的妈妈王雅琴寝食不安。王雅琴是个语文老师,不幸的婚姻生活使她对四肢发达、头脑简单的男人从内心深处有着深深的厌恶。她年轻时是个文艺女生,在和曹桂林的爸爸曹满祥结婚前,她还经常有些小散文、小诗歌在市里的报纸上发表。那时,她是市里师范学院中文系的女学生,而曹满祥还在河西走廊上的一个坦克部队里当营长。

有个寒假,回家探亲的曹满祥和王雅琴经常去河边的杨树林里散步,或许是因为曹满祥那身光彩照人的军装，又或许是因为一个文艺女学生骨子里与生俱来的对一个高大魁梧而且英俊的男人、一个英雄的好感——曹满祥可是在云南前线和越南人真刀真枪地打过仗、立过战功的人——王雅琴对曹满祥毫无防范之心，再说，他要比她大好几岁，她也还是个学生，是个孩子。在冬日河边的杨树林里，王雅琴听曹满祥给她讲打仗的故事，讲戈壁滩上的异域风情，即使在寒冬里，她的心也温暖如春。

在曹满祥探亲的那段时间，他们几乎每个晚上都要去河边，去杨树林里散步，为什么总要去杨树林呢？因为那里清静，也避风。要是哪天下大雪，或者曹满祥被人拉去喝酒，王雅琴的心就空荡荡的，在曹满祥要回部队的前一天夜里，他们又去了河边，又进了杨树林，可这一次，王雅琴的心不再空落了，她的心从此实在了，实在得让她疼痛。那天夜里，喝了酒的曹满祥很果断地扑倒了王雅琴，开始，王雅琴心想相处了这些天，他也有些动情，他只想抱抱她而已，可是，曹满祥不是这样想的，他扑倒了王雅琴。在王雅琴还没反应过来是怎么回事时他就把王雅琴给办了。事后，王雅琴哭着说："你是个畜生，你竟敢强暴我，我要去告发你！"曹满祥满不在乎地说："你是美人，我是英雄，镇里人都知道我们两个相好了，自古英雄爱美人，你说我强暴了你，谁会信呢？我会对你负责任的，你就等着，等你夏天毕业了，我会回来娶你的。"

曹满祥走了，王雅琴在心里恨着他，她发誓，怎么也不能嫁给一个强奸犯，一个恶棍。她那时在心里暗暗喜欢市里报社那个经常给她发表文章的编辑，他们在一起三年了，他连她的手都没拉过一次，而这个曹满祥竟然大胆地在野外就强暴了她，她怎么能嫁给一个强暴过她的人呢？她没有去告发曹满祥，这毕竟不是什么光彩的事，再说，她一个女学生，这种事她怎么说得出口？就是硬着头皮说了，又有谁会相信呢？

然而，开学不久，王雅琴发现自己怀孕了，她一下子没了底气，那个时候，她连死的心都有了，最后，她还是写信给曹满祥，曹满祥回信说，这是好事啊，怕啥呢？结婚吧。王雅琴在毕业前偷偷地和曹满祥结了婚，她的证明是曹满祥的一个在民政局工作的战友给出的，他们的婚礼简朴而且隐秘。但是镇里人还是看出了事情的蹊跷，他们说，曹满祥不愧是个英雄，枪法还真是准。他们已经结婚，就是合法夫妻，孩子早生晚生都是要生的，别人在背后说说也没什么要紧，只是在读书时就怀了孩子，使王雅琴倍感压力。在肚子开始隆起时，她用布条紧紧地裹住肚子，好在别的同学都要下去实习，很多人都在为留在城里的学校四处奔波，她就找人去医院开了病假证明，回家了。

原本，王雅琴是可以留在城里的学校的，她是优秀学生，又是党员，她的文章经常见报，最差她也能留在城里企业的子弟学校。那个时候，正牌师范学院的毕业生，能分到镇里学校的很少，镇里学校的老师都是市里一所中专师范的毕业生。怀着孩子的王雅琴回到了镇里的小学，她的回来，是镇里最大的荣耀，用镇里人的话说，她还没有忘本，即便她肚里怀着孩子，怀着就怀着吧，女人嘛，肚里总归是要怀孩子的，只是有的人怀得早些，有些人怀得晚些而已，但对镇小学而言，他们可是捡了个大便宜，王雅琴是镇小学唯一的大学生。

曹桂林三岁时，曹满祥在大裁军的行列中转业回来了。他那时已是团参谋长，副团职，回到县里被安排在水利局做了副局长，副科级干部，他心里有些失落，按他的级别应该是副县级，他的战友，他以前的部下，已经是常务副县长了。那一年，大批的军转干部转业，县里就那么大个地盘，有的正团职还到下面的乡镇里去做副手呢！曹满祥了解到这些情形后，知道是他的战友暗地里帮了他，再说，他的战友给他接风时，不是不停地说，来日方长吗。

水利局是个清静单位，曹满祥几次提出要将王雅琴调到县城的学校去，他在水利局家属院有套两居室。结婚以来，王雅琴一直对曹满祥冷若冰霜，她始终认为是曹满祥毁了她的人生，曹满祥也自感有愧于老婆，毕竟是他强暴了王雅琴，使她怀孕之后走投无路才和他结婚的。家里的事，曹满祥很少过问，她不给他好脸色看他也不计较，只是在两口子做那事时，他每次都要像那年冬天在杨树林里一样，不强暴她就永远不会顺从，这使他非常地恼火。每次事前事后，曹满祥都要抽王雅琴几个耳光，事前是急火攻心，事后是极度地失落。他脾气本来就不好，又去了这样一个清闲的单位，周末回家吧，老婆又没个好脸色，他的脾气就更坏了，脾气一坏，就得找个地方发泄，以前在部队，他经常训斥手下，现在回到地方了，又是个副职，他的手下根本就不把他当回事，有几次他都差一点儿动手了，机关里的人知道他是部队下来的，是个大老粗，都对他敬而远之，这使他更孤独，人家连发脾气的机会都不给他。他呢，只好回家来发脾气，回家发脾气吧也不怎么畅快，王雅琴从心底就看不起他，她只顾埋头做事，从来都不理会他，这使他的火气更大，就揪住王雅琴抽她的耳光，抽完了，他指着王雅琴说："我看你这老娘们儿就是欠日。"他干那事也是火急火燎，快刀斩乱麻，他从不管王雅琴的感受，自己忙活完了，裤子一提就走人。

王雅琴把整个儿的心思都集中在儿子身上，她希望儿子将来能成为艺术家，成为一个高贵、温文尔雅的男人。她给儿子买了大量的文学名著、画册，还让学校的音乐老师教儿子拉手风琴，教儿子学习乐理知识，就是曹桂林喜欢下棋、常常逃课她也没往心里去，下棋毕竟也是脑力劳动，她感到她前所未有地讨厌一切体力活，厌恶体力劳动者，她把这一切都归结为是不幸婚姻的连锁反应。

现在，曹桂林迷上了武术，王雅琴似乎看到她亲手创造的另一个曹满祥正在慢慢长大，她都要崩溃了。

曹桂林全然不理会妈妈王雅琴的愤怒，从他记事起，妈妈和爸爸一见面就吵架，一吵架妈妈就要挨揍。爸爸不在家时，妈妈是个贤淑、快乐而且美丽大方的女人，爸爸一回来，她就变得暴躁、唠叨、不通情理，成了另一个女人。这个时候，曹桂林就特别地厌恶妈妈，他甚至渴望爸爸能够揍妈妈一顿，那样一来，她没完没了的唠叨、摔东摔西的举动才会停下来。在镇里人谈论的话题中，曹桂林父母的关系占据着相当大的比重，人们对他们的议论长盛不衰，因为吵架、打架对他们已成家常便饭，这在镇里人的记忆中是从未有过的，谁都没有见过，也没有听说过一见面就吵、就打的夫妻，而且，他们吵架、打架从来都不回避他们的儿子曹桂林。

曹满祥也不怎么回家，他大多数时间都待在县城里，只有想儿子了，才会回到镇里来，回到这个火药桶一样的家里。他几次提出想让儿子曹桂林跟他去县城上学，毕竟县城里的教育水平比镇里好一些，王雅琴死活不同意，她说儿子跟着你肯定会学坏，我可不想让这个家再出一个强奸犯。他还能说什么呢？从那件事发生以来，这么多年过去了，儿子也慢慢大了，在她眼里，他始终是一个强奸犯，而不是一个丈夫，一个父亲，他把这一切都归咎于他脱下了军装，自从脱下军装，成了一个有名无实的水利局副局长以后，他就事事不顺。相比事业上的不顺心，家庭的不顺心对他来说根本不算什么，他有老婆，有儿子，这就够了，吵也罢，打也罢，总归还是个家，再说，那些不吵、不打的就一定比他们幸福吗？

他们的关系在曹满祥离开县城，回到镇里当了镇长以后也没发生任何的变化，唯一有所不同的是他们干那事时曹满祥不用再使用暴力了，也不用再没完没了地揍她了，他只需怒斥一声，她就会过来躺下，整个过程和以前并没有多少差别，她就像一根木头，毫无反应。有时，曹满祥怀疑他自己是不是在这方面不行呢，她怎么就一点反应都没有呢？他清楚地记得那晚在杨树林里强暴她时，她还激烈地叫过几下呢，而后来，她竟然毫无反应。曹满祥平生就经历过这么一个女人，他不知道别的女人是什么样子，他也不想知道，再说，儿子也大了，那种事能干就干不能干也就算了，他索性搬到镇政府去住了，镇政府的干部家属大都不在身边，他们下班了，就聚在一起喝酒、斗地主，倒也其乐无穷。

对儿子，曹满祥除了在生活上的关心，别的一概不过问，他从小父亲就过世了，母亲把他和两个姐姐养大成人，他也不知道怎么样做一个父亲才好，就像他不知道怎样做一个丈夫。他时常扪心自问,他除了那晚在杨树林里扑倒王雅琴以外,还真没做过一件对不起王雅琴、对不起这个家的事,再说,那个时候,王雅琴常常主动找他出去散步,他感觉她还是喜欢他的,就在他扑倒她,摸到她的奶子时,她还激动地叫了一声,要是她那时用力推开他,或者给他个耳光,他是绝对不会动她的,可她没有,只是死死地抱住他,他心想她也是心里渴望着的,就没有停下来。那个夜晚是曹满祥人生的分水岭,欢乐、自信和荣耀都永远地留在了那一头,剩下来的就只有卑下、屈辱和放弃。

　　镇里人都说曹满祥对儿子放任自流,曹桂林在外面打架,他是从来不管的。有一次,曹桂林打破了镇医院院长儿子的头,院长经常和曹满祥在一起喝酒、斗地主,他没好意思出面,院长的老婆是个农村妇女,她才不管你是不是镇长,一把鼻涕一把泪地找上门来,王雅琴劝说了几句,她哭得动静倒更大了,这时,曹满祥出来了,他说:"我家儿子打你家儿子那是他们的事,你跑我家哭啥?你家儿子不会打他吗?"院长女人说:"我儿子打不过你儿子,你儿子跟土匪一样,心狠手辣,我儿子哪能打得过他。"曹满祥指着他家院门说:"快点滚吧,看着你这没出息的东西我就烦。"院长女人跑来是想出口气,反倒被骂了一通,她就坐在曹满祥家的门槛上又哭又闹,看热闹的人一下子就聚了一堆,曹满祥说:"我只问你一次,你走还是不走?"院长女人是个欺软怕硬的主,再说,曹满祥当过兵,脾气不好也是出了名的,但门外围了那么多看热闹的人,她也不好就这样回去,就硬着头皮坐着哭。曹满祥走过去,两手一抓,像拎小鸡似的将院长女人拎起来扔出了他家大门,看热闹的人和院长女人都吓傻了,一下就散了去,而曹满祥呢,没事一样,带着他的儿子去水库游泳了。从那以后,和曹桂林打架的孩子再也没有家里人来他家闹过。

曹桂林最开心的事就是和爸爸去水库游泳。曹满祥是个高大、健硕的男人,他的腿比曹桂林的腰都要粗。他游泳的姿势真是优美,就像一条大鱼,能一口气在水里待上一两个小时,游得累了,他就仰躺在水面上小憩。曹桂林在水里待不了多久就会爬上来,他一下水就感觉四肢无力,身体直往水下沉,只有爸爸在身边时,他才会壮着胆子往深水区游上一截,他知道,他就是沉了下去,他爸爸也会一把抓起他,将他扔到岸上去。再没有和爸爸在一起让他踏实的事了,和爸爸在一起,就是天塌下来,他也不怕。

曹桂林处处都在模仿他的爸爸曹满祥,从爸爸走路的姿势,到爸爸生活里的一切做派,他都是看在眼里,记在心上,他要像爸爸那样做一个真正的男人。

曹家父子的亲密无间,成了王雅琴的心病。她用尽了一切办法,都无法将儿子从曹满祥身边拉开,人们都说,儿子和妈妈亲，但是在他们家，儿子却和爸爸亲，王雅琴清楚，这完全是曹满祥对儿子放任自流的结果，而她呢，处处都想按她的意愿来管束儿子、塑造儿子，将儿子塑造成一个和他爸爸曹满祥完全不同的人，一个温文尔雅、有教养的男人。

曹桂林不想做一个温文尔雅、有教养的男人，他要像他爸爸曹满祥那样，做一个有血性、敢作敢为的男人，他最看不起的男人就是学校里那些咬文嚼字，经常大惊小怪，成天还钩心斗角的老师，还有见了他爸爸就低三下四，对镇里的穷人却爱搭不理，甚至有些不屑的医院院长那类人，而他妈妈要他以后也要成为那样的男人，这是他见过的和镇里男人、和他爸爸不同的男人，他怎么能成为那样的男人呢？他看见他们就想揍他们一顿，他们哪里像男人呢？

到曹桂林上初中时，王雅琴的愤怒也变得微不足道了，他根本就无心读书，整天和镇里的混混厮混在一起，嘴里叼支烟，手里拎着瓶啤酒满镇子乱窜。遇到看不顺眼的人，曹桂林就动拳头，他的拳头在河边的杨树林里练得异常地有力气，据说能劈断一块砖头，而他最让镇里人惧怕的还是他的腿，他的腿上常年绑着沙袋，就是睡觉也不会取下来，他曾经一脚踢断过他妈妈学校的体育老师三根肋骨，那个体育老师是市里的体校毕业的，听说也是个练家，经常对曹桂林的妈妈动手动脚，有非分之想，被曹桂林踢伤之后，他就辞职去广东打工了。

充分继承了曹满祥遗传基因的曹桂林，上初中时已长得很高大，加上常年的锻炼，他和曹满祥一样地健硕，浑身的肌肉疙瘩。他已做好了初中毕业就去当兵的准备，那时他就十六岁了，就成大人了，镇里的武装部长是他爸爸的手下，也答应过他，只要他初中毕业了，他爸爸点个头，就送他去参军。

在外面惹是生非的曹桂林，在学校从不打架，就是有人找碴儿他也不会动手，他不爱读书，每天到了学校，就抱着一本武侠小说看，异常地安静。

和曹桂林同桌的是个刚刚转学来的女孩子，她是镇上一家兵工厂的子弟，她原本在她们厂的子弟学校上学，她们厂子弟学校的学风不好就转到了镇上。镇上的学校有不少她们厂的学生，他们毕业以后可以上厂里的技校，上了技校出来就是拿工资的工人了，所以，喜欢读书的也不多。这个女孩子叫李玉红，个子也很高，老师就安排她和曹桂林一起坐在了后排。

上课时，曹桂林看武侠小说，而李玉红呢，她看的是琼瑶小说，两个人各看各的，下课后也各讲各的故事，都说自己看的小说才精彩，谁也说服不了谁，就交换了看，再次交流时，两个人都说两本书都好看，以后有了好看的书，就交换着看，看完了再交流彼此的感受。

不久，在镇里，人们经常能看到曹桂林骑着摩托车招摇过市的情景，摩托车是他爸爸曹满祥的，他爸爸只有周末要进山打猎时才用，曹桂林的摩托车上坐的不再是镇里的混混，而是他的同桌李玉红。

李玉红的爸爸是一个车间主任，他是个秃了顶的东北人，也是一个转业军人。他听说女儿坐在曹桂林的摩托车上满镇子乱窜以后，就直接找到了曹桂林的爸爸，两个脾气火暴的转业军人，在镇政府的院子里僵持了很久，曹满祥见对方雷声大雨点小，就轻蔑地推开他径直走了。那时，镇里和军工厂正为了一块地闹得不太开心，军工厂的人仗着他们是大地方来的人，对镇里人也有些不屑，双方经常会起一些冲突，打架斗殴的事也时有发生，但军工厂是省里管的，曹满祥只不过是一个小镇长，对他们是无可奈何。

李玉红的爸爸走时撂了一句话："我要再看见你儿子勾引我女儿，我会打断他的腿。"

回到家里，曹满祥一见儿子曹桂林，甩手就是一巴掌，说："小小年纪就知道勾引女孩子，老子最看不起见女人就迈不开脚的男人，瞧你那点出息。"曹桂林说："我们就在镇里兜兜风，啥事都没有的。"曹满祥说："那女孩子漂亮吗？"曹桂林说："一般吧，比我妈差远了。"曹满祥又扬起了巴掌，但这次没有落下来，说："一般的女孩子你也要勾引？还让人家里闹到我那里去，真是丢老子的脸。"

然而，不管是曹满祥的巴掌，还是李玉红爸爸的恐吓，都没起啥作用，曹桂林的摩托车后面，依旧坐着李玉红，摩托车飞起来时，李玉红就死死地搂着曹桂林的腰，她的脸紧紧地贴在曹桂林的后背上。

一天傍晚，曹桂林载着李玉红去了河边，进了杨树林，他们在杨树林里紧紧地抱在了一起。也不知是谁走漏了消息，李玉红的爸爸领着他的几个徒弟忽然出现在了杨树林，有眼疾手快的人马上跑去告诉了曹满祥，曹满祥赶到杨树林时，他的儿子曹桂林已被打得满脸是血，成了一个血人。曹满祥上去，抓住李玉红秃顶的爸爸在空中抡了几圈将他扔进了河里，他的几个正在围殴曹桂林的徒弟放开曹桂林，将曹满祥围了起来，曹满祥被他们几个围着转了几圈，火气更大了，骂道："你们有种就上来，老是围着老子转，转得老子头晕。"曹满祥骂完了，顺势揪住一个就是一拳，那人的血溅了他一脸，他有些眼花，在他抬起胳膊想揉眼睛时，有个小子猛地给了他一刀，曹桂林见那帮人动了刀子，就大喊一声："杀人啦，快来人啊！"那帮人四散奔逃，曹桂林还想去追，他爸爸叫住他，说："儿子，爸爸不行了，往后你是家里唯一的男人了，这个家就靠你了。告诉你妈妈，爸爸这一辈子就做错了一件事，爸爸对不起她。你和妈妈也离开这里，去县城找你王叔叔吧，他是县长，不会不管你们的。"

曹桂林抱着爸爸，直到爸爸在他怀里咽气，爸爸的眼睛一直睁着，他给爸爸合上眼睛，将他的上衣脱下来，撕成条，拧成一股绳，然后将爸爸绑在身上，发动了摩托车。

镇里人聚拢在街口，等待着从杨树林里传出最新的消息，这些胆小怕事的人，谁都不敢走进杨树林看看到底发生了什么，他们在街口站着，等待这个夜晚的话题，远远地，一辆摩托车朝镇子驶来，他们都站在路灯下，让开大路，看着摩托车驶进街口，他们看清了，骑摩托车的是曹桂林，他的背上，是肚子里还在往外冒血的镇长，曹桂林的父亲。

（原载《文学界》2008年第11期　责任编辑：赵燕飞）

雪地上的脚印

一

刘玉林是大年夜回来的。车到宝鸡时已是后半夜,从宝鸡发往县功方面的所有班车都已收车,他在老火车站口和几个出租车司机讨价还价了半天,最后是一个上了年纪的司机愿意挣五十块钱将他送回老家上王。

一个远行人回来了,在这样一个月黑风高的夜晚悄悄地回来了。车子过了县功镇,他的心就开始紧张,终于回到这熟悉的土地上了。在这儿生活,没有离开时,他做梦都是个远游人,他成了吃百家饭、住百家屋的木匠、吹手、戏子……现在,他成了个贩子,离开了家,生活在城市里了,他又做梦都想的是这块他三十年来第一次离开却不能不回来的家，他又成了这儿的一个老实巴交的种地人，一个在山上放羊的羊倌。

远远地就看见了村口的山神庙，庙门口挂着几个红灯笼，庙里点着蜡烛，每到大年夜，山神庙的蜡烛和灯笼会从傍晚一直亮到天明。

刘玉林让司机将车开过山神庙后停下了，这一年多来住在城里，他忽然胆小了很多。下了车，站在雪地里，凉风直往脖子里钻，他往紧收了收大衣，看着出租车消失在山神庙那边，心里不由一阵怅然。

雪地里并不阴暗，他看得见路边被雪盖着的苹果树，闻得见苹果的气息。这时，一切都是阴冷的，只有到了春天它们开花，秋天结出丰硕的果实时，它们才显得亲切。

村子里依稀还有几扇亮着灯光的窗户鬼火一样在这阴冷的夜里提醒他，不是他一个人醒在这难得的大年夜里。他能分辨出这些亮着窗户的人家，哪一家在打麻将，哪一家在玩一种叫跑得快的扑克，或者哪一家人一年四季都在没完没了地说话。这大年夜带给人们的是多么不同啊。

他将心收回来，一阵顺河道而来的冷风又让他瑟瑟发抖，才离开 年多，他就胆小而且怕冷，不像这里的人。苹果树在冷风里发出沙沙的叫声，他看了看路两边看不到尽头的果树，心想从哪跌倒的就从哪再爬起来。

大年初一，刘玉林躺在炕上一天都没起来。他女人做好饭喊了半天，他躺在炕上，蒙了被子大睡，吭都不吭一声。已经三岁的女儿小巧过来拉他的被子，揪他的头发，捏他的鼻子，他还是不动，小巧被激怒了，她学着她妈跟别人吵架的样子，往她爸刘玉林脸上吐唾沫，刘玉林睁开了眼睛，见是他女儿小巧，便瞪圆了眼睛，让小巧滚一边去。小巧又过来揪刘玉林的耳朵，说她还没拿到压岁钱呢，刘玉林摸了半天，才从口袋里摸出十块钱给了小巧，小巧拿了钱就到一边玩去了，不再理会她爸。刘玉林又睡他的，他不怎么搭理他女人。

刘玉林的女人是个不喜欢说话的人，她长得方方正正，高高大大，不太像个女人，她和刘玉林结婚时已经二十六岁，和刘玉林同岁。她的娘家在距此很远的赤沙镇上，那里是刘玉林的老家。

刘玉林兄弟四个，他年纪最小，生得就有些娇贵，从小娇生惯养，就有些好吃懒做。他是兄弟几个中读书最多的，一直念到了县功镇上的高中，考了两年大学没有考上，回到家里依旧不安分，想着外面的世界，因为想着外面的世界，他一直不愿意结婚，怕受了拖累，他一连几年报名参军，都因是平脚板不能如愿。乡里的人，想去闯世界的路子说穿了只有考学和参军。参军的人其实也大都是去吃几年公家饭，完了又脱下军衣回来务农，没几个提干、混上工作的。这两条路都没有走通，刘玉林便死了心，只好在家里劳动，和他的几个哥哥一样娶媳妇过日子。刚从县功镇上的高中毕业那会儿，给刘玉林上门提亲的人倒是不少，可他一心想出去，没有答应，到了他想一门心思找个好人家的好女儿时，适龄的、相貌过得去的女孩子都已成家，到哪里去找他称心如意的呢？有个专门给别人撮合生意的人，给他介绍了赤沙镇上的女孩子王翠花。王翠花家在赤沙镇上开了一个小商店，靠这个小商店生活，是一家不公不农的人。刘玉林跟介绍人去了一趟赤沙镇，婚事就这样办了。

婚后的一段时间，刘玉林的心看上去是收回来了，地里、家里的活也勤快，不久，他们就有了女儿小巧，果园里的收成也是一年年地增多，要不是后来村里来了贩卖苹果的外乡人，刘玉林这一生也不会有再出去闯世界的念头了。可苹果贩子从四面八方涌来了，有几个还和刘玉林交了朋友，他们将上王人从未见过的麻将也带到了这里，而且很快就风靡开来，在此之前，上王人沿袭的赌博之风一直是推牌九和掀胡。推牌九是一种叱点子大小的游戏，而掀胡用的是一种专用的扑克。只有上了年纪的人，才从他们的记忆中拎出麻将给他们的家族带来的灾难，并且竭力阻止这种罪恶的蔓延。已经有几十年没有看到麻将、听到麻将的声音，老年人的心里也是痒痒的，但一想起过去，他们就联合起来向这个猛兽发起攻击。年轻人太喜欢这个在他们看来无疑是他们记事以来带给他们最大欢喜的新事物了，老年人的反对只是加重了他们对麻将的喜好。而且在麻将被带进上王以后，在年轻人迷恋上它以后，村里偷鸡摸狗的事少了，打架吵嘴的事也少了，也没发生因打麻将而起的祸害，他们只是一两毛地玩玩，打发一下时间，老人们见已无法制止麻将的风行，便不再干涉，只要他们不在农忙时节玩，也就爱理不理地默认了。

村上的年轻人，因麻将的传入对刘玉林又多了一份敬重：首先是刘玉林跟着苹果贩子学会了打麻将，再将技术传授给村里人。一来二去，村里能跑得动的人都学会了这门新技术，连他女人王翠花也学会了，她甚至教会了几个女人，冬天没事了也会聚在一起玩。

过年时，村子里一片洗牌声。刘玉林躺在炕上，听着悦耳的麻将声，不由自主地在心里发笑，他有几次想爬起来加入进去，但都被自己否决了。他知道他的出现将会在村子里引起轩然大波，为了那次远行，他几乎欠下了一个村子的债，几乎每个家庭的柜子里都锁着他收购苹果的欠条，他怎么去见他们，告诉他们这一年来所发生的事呢？

晚饭时，刘玉林终于坐到了饭桌前，他已经好几天没有好好地吃饭了，三天两夜火车，又在炕上躺了一天，他从炕上爬起来往饭桌前坐时险些栽倒在地，他实在没有力气再坚持下去了。

二

第二天早上，刘玉林早早就起了床，将自己收拾得很精神，他一改昨天的消沉之气，又像以前那样将自信和孤傲挂在了脸上。绝不能让人将他看成一个被斗败的人，一个弱者。他知道，在他之前从没有人敢迈出这一步，去外面闯世界。上王的人都是在地里辛勤劳动的庄稼人，他们只对和他们一样在田间地头将日子过得红火的人表示敬意，并四处传颂。就是那些考上大学的人，他们也只在嘴上给他几句恭维，很快就将他置于脑后。他们认为一门心思往外跑的人都是些弱小的人，是些好吃懒做的人，是逃兵，他们害怕劳动，就背叛了土地，从此成了一个外乡人。一个吃了公家饭的人，带着外地口音回来了，只有他的亲人真正地对他亲近，大部分人已将他视为外人，而不是故人，很多人都远远地躲开他，不和他说话，话已经说不到一起了，一个远走他乡的人，带了外乡人的口吻来和你交谈，他的话语是已明显地带有外乡人的偏见，再也融不进这块土地了。

刘玉林深深地知道这一切，他此刻成了一个不伦不类的人，他的根、他的枝叶都还深深地扎在这儿，仅仅是一年多时间，一切都显得和他如此陌生了。

今天是大年初二，这一天是上王人走最知己的亲戚的一天，刘玉林不想去他舅舅家，也不想去女人的娘家。女人娘家赤沙镇上的风俗是过完年后女婿才上丈母娘家，刘玉林一点去丈母娘家的想法都没有。他今天要去的是一个朋友的家，他的家在另一个镇上，要徒步翻越一架大山。

他将从城里带回来的好烟、好酒塞进包里，在手里拎了一下，感觉沉甸甸的，就满意地笑了笑。做这一切时，他女人王翠花一直在旁边盯着他看，临出门时，王翠花问他是不是去舅舅家，这么早去人家还没起来吧，他没理她，推了自行车出来，在院子里一抬腿骑了就走。

天还没有完全亮，黎明前的村庄一片死寂，只有借助雪地上微弱的光才能看到眼睛前边一二米的地方。从他家到河边的马路，有一个下坡，已经一年多没走这条路了，路上又落了雪，他就下了车，推着车走。路两边新盖了几栋楼房，他走时这里的地基刚刚划定，现在已盖起了楼房，搬进了人，变化多大啊，他在心里感叹了一下，心想要不是这次跌了一跤，他也要盖一栋楼，乡里的人家，盖房置屋是第一件大事，他要建一栋全上王最好的楼，让人们看看，让那些在心里嘲笑他、幸灾乐祸的人变成哑巴。很快，他就否决了这个可笑的想法，现在，要在村里做出一件大事，比什么时候都艰难，上王人的苹果已远销上海、广东，人们口袋里都有了钱，比不得守住几亩麦地拼命的年月了，要让人产生敬畏之心的想法实属可笑。

到朋友家时，已是吃早饭的时候，亲戚挤了一炕，他有种无法下脚的感觉，朋友在信用社上班，交往的人自然很多，这一点都不奇怪。对他的出现，朋友似乎有点惊奇，屋里的人一听他是从上王来的，也都露出了惊羡的神色，上王这几年富了，在宝鸡也算有了点名气，人们谈起来，也不再像以前那样说那地方快进山了的话了。上王属于西部浅山地区，在没苹果之前，是有名的贫困地区，又靠近卧牛山，一点地位都没有的。

直到中午吃过饭，刘玉林才找到和朋友单独说话的机会。朋友让他去看看自家刚栽的苹果树，两个人出了屋子，站在地头上时，刘玉林说了他这次来的目的。

一听说要贷款，朋友有些为难，说了他们信用社的难处，还说贷出的款收不回来，现在很难办的。这些刘玉林在路上早就想好了，他先摆出他给朋友的条件，他给朋友的条件是从贷出的款中给朋友百分之五的提成，至于朋友的担心，他说可以用他的财产做抵押，他有四间砖房，有近十亩的果园，折下来还是有些资本的。朋友拐弯抹角了半天，说他这儿不太好办，但他老婆的父亲是一家信用社的头，可以从他那儿想办法。朋友问刘玉林要多少，刘玉林说他过完年要往浙江发一车皮核桃，到时在六川河收核桃，让朋友帮忙，还发誓绝不会亏待了朋友，他要贷十万块钱，年底连本带息一定还清，说完还加上朋友家的果园他承包了，一切技术活他都带人来干。朋友对他后面的话似乎有些兴趣，他掏出放在口袋里面的一包显然是留给对他来说重要的人抽的烟，给了刘玉林一支，让刘玉林等他的消息。

刘玉林在心里长长地舒了口气，他知道他开的条件朋友接受了，他心里还是有点疼，平白无故地就让朋友宰了一刀，但他除了这条路再找不出可以筹到钱的路了。他太熟悉这些在乡间出生，又在乡间做着公家的事、吃着公家饭的人了，只要给他想要的好处，一次给够他整个人就是你的了。

被雪半掩半露的果园和村庄，画儿一样美丽，这午后的静谧和雪地相映成趣，让人找不到述说的话语。刘玉林只是一个劲地向朋友说多美啊，朋友也附和着他说了几句多美啊，确实是太美了。

果园下边的小路上，已经有人离开，送亲戚的主人直将客人送到村口，还站在村口向客人挥手，嘴里重复着送行的温馨话语。刘玉林想到他也该回去了，他今天的问题已经解决，再待下去已经多余，再说等待他去做的事还很多。

三

下午三四点钟的样子,刘玉林回到了家。在六川河的事办得很漂亮,他心里高兴,骑车的速度也加快了,他知道早上见过的那几个家伙准是等在他家的院子里,等着他回去支桌子打牌。

进了村子,刘玉林看到今天村子里有些异于往常,要是平日,家里的亲戚走了,左邻右舍的人会相邀了去坐在热炕上,将这一天的事说个够。但今天,人们都站在院子里,向大路上张望着等待什么的样子。这大冷的天,他们也不怕感冒了要花钱看病?刘玉林的惊诧只持续了几秒钟,他看清了在这寒冷的天气里还站在院子四处张望的人,都是他欠了钱的人家,他们可真是等不及了。转念一想,他们辛劳了一年的血汗钱不都被他用卡车装走了吗?这事要放在他头上,他想他不会只是在这大冷的天气里站着朝大路上张望,他会掀掉人家的屋顶。但村里人都只是在这大冷的天气里站在院子里张望着,甚至没有一个人去向他女人张嘴要钱,他们还将他看作这儿的人。

到了他们跟前,他马上下了车,掏出一句好烟散给大家,每个人看他的表情都充满了好奇和怜悯,这让他心酸。他们中有人问起他这次的生意,边上马上有人就调开了话头,说他人回来了就好,大家就放心了。他说欠大伙的钱宽限几天，他现在没办法，过一阵手上的货出手了，保证一分不少地还给大伙，大伙在果园辛辛苦苦挣的每一分钱，都是起早贪黑换来的，他也作务了多年的果园，心里知道这苦。大伙对他的话有些感动，都说不着急，只要他人回来了就好了，再说，他也就欠每家几千块钱，分开来也紧不死人，他们今年的收成都还不错，钱算借他了，等他有了再说。

他又给大伙散了烟，心里很感动地离开，在一起住了几十年，他似乎第一次对他们有了点了解，以前，为一点鸡毛蒜皮的事打架，相互都是拼命的，都恨不得将对方置于死地，碰到谁有难处，大伙的手才会伸出来。他想可能是大伙怕他永远地不回来，这账就没法结，才对他破天荒地宽容，现在看见他这副样子，他们也只好这样。他很快就将这事放在脑后了，他又想着怎样在六川河去收购核桃，那边的价格要便宜些，再说那边的人一点都不了解他，办起事来也省心些，他给他们钱，他们给他核桃，没有别的事啰唆。

刚上自家的院子，刘玉林便感到事情有些不妙，他父母、几个哥嫂都站在他家门前，看上去都气鼓鼓的，几个早上遇见的牌友在远处偷偷地朝他挥手，他没有理会那些人，推车进了院子。

"你回来也不放个响屁，躲在屋里怕见人了？你现在才想起来人不好见,早先干啥去了,收苹果的时候就想不起来?"

刘玉林最不喜欢的二哥先开口了,二哥是个吝啬的人,分分钱都抠得紧,他的欠债大户就是他二哥,他欠他二哥一万块钱。

"该放的时候肯定要放的,现在还不是时候。"

他支好车子,从怀里往出摸烟。

"不管怎样说,事有事在,你也该给家里人通个气才对,这样家里人就放心了,都以为你不回来了呢。"

刘玉林的大哥是个温和的人,刘玉林先给了他爸一支烟,又递给大哥一支,给二哥时,他二哥说不抽他的烟,要钱。刘玉林说你不抽还给我省一支呢。

"钱呢,我的钱到哪里去了?"他二哥又问了一句。

"钱到时候一分也少不了。"

"那你拿出来,我和你就没话说了。"

"现在我没有,过阵子我会给你的。"

"我现在要,我存在银行里,一年还有一千多块利息,给了你,连个声响都没有,你这败家子。"

刘玉林还想说话时,他爸开口了,他爸说都是一家人,不要吵了让人笑话,只要人回来,凡事都能解决。他二哥不行,非要刘玉林现在拿出钱来。

"你把他现在下到油锅里,也熬不出钱来,你还是他哥哩，旁人也没跑到门口来逼他要钱，他又没说不还你钱。"

刘玉林的妈话音未落，刘玉林的二哥就打断了他妈，他说不管怎样今天这钱他是要定了，谁知道他刘玉林还会不会跑，一跑就是一年多，连影子也抓不着。

大伙又一齐过去劝刘玉林的二哥，怎么劝也不行，刘玉林的爸给激怒了，抓了根劈柴要去打他二儿子，几个人忙过去劝老头子，刘玉林的二哥还喊着向刘玉林要钱，边上围了好多看热闹的人。

事情闹得不可开交，刘玉林就从他包里拿出一个牛皮袋子，将一叠钱放在院子里说："这里有一万五千块钱，本来我是想先还给村里人的，你现在这么急，先拿去吧，村里人的钱我过完年运完核桃再还，我也没你这个哥，你快拿了钱走吧。"

刘玉林的二哥过去从袋中数出一万块钱，往口袋里揣时，他女人过来劝他让刘玉林先还村里人的钱，说他家今年苹果也卖了一万多块，现在又不怎么缺钱，就不要逼刘玉林了。他反手就抽了女人一耳光，说他辛苦一年，挣点钱容易吗，给了这个牲口连个声音都没有，他女人哭着跑了，刘玉林这回不依了，他过来对他哥说你再骂一句，再骂一句我一巴掌抽死你，我已不欠你钱了，你快滚吧！他二哥说你以为我想待在这儿啊，看见你霉气，说完将钱揣进口袋里就走了。

刘玉林说谁还要就拿走吧，他就这么多钱了，不拿要等几个月才能拿到手。他大哥将钱收起来，揣进刘玉林口袋，让他好好地收着，等有了钱再说。

围观的人渐渐散去了，刘玉林的父母也走了，院子里就剩了刘玉林一家和那几个等他打牌的人，他将钱交给他女人，让她放回去，自己过来对几个等了他半天的人说，走吧，到谁家去打呢？他们说底下新盖的楼房里已支好了桌子，也没有人打扰，就是有点冷，刚生了炉子，不知有热气了没有，他说不怕，一帮人就朝楼房那里去了。

四

刘玉林从朋友给他的贷款中，按过年时说过的条件当即给了朋友百分之五的提成，朋友拿着那五千块钱在手里哗啦啦地甩着，刘玉林感到像有一把刀顶在他胸口上。他有一个更大的贩运计划，为了这个计划能顺利实施，他只有靠这种方法一点一点地赚钱，等到他筹够了要筹的钱，他就会摇身一变，做一个真正的大贩子，不用再向这些人低头。他现在没有现钱，上王是没有人愿意让他在秋后将苹果运走的。

拿到了钱，刘玉林又领着他那几个小兄弟开始了搜捕似的收购核桃工作，六川河人住得比较散，这个工程异常浩大。他在此消耗了近半个月，等到他将核桃收购好了，去宝鸡又四处找人搞到车皮时，春天地里的活也开了。刘玉林往家里扔了些钱，便坐上了去上海的火车，他要从上海转到浙江，他的一车皮核桃铁路会给他运送到位。

刘玉林又走了，村里人的心也再一次被揪紧。他自前年秋天一去不返，人们都相信他是带着村里人的血汗钱远走高飞，再也不会回来了。但他的出现，打碎了人们为他设计的结局，他又像以前那样横着在村里走了几天，让村里那些年轻人对他见过的世面、享受过的他们永远无法想象的生活而惊羡。接下来，他又收购了一车皮核桃去了浙江，有好事者还去了一趟六川河，打听到他这次收核桃时分文未欠六川河人的钱，村里人纳闷了，他们不知道刘玉林这一年到底做了什么，是赔了大钱还是赚了大钱，看他的样子，灰头灰脑的，一点都没有赚了大钱的喜气，但若他赔了钱，又怎能有能力再运一车皮核桃到浙江去？

连刘玉林的家人都不知道他这葫芦里究竟卖的是什么药，一家人刚松弛了几天又被绷得紧紧的，只有他拿了钱的二哥是面不改色心不跳，在心里直夸自己的英明。

春天了，地里的活开了，家里的活忙不过来，王翠花就捎话到她娘家，请来了两个小伙子在家帮着干活。两个小伙子都很朴实，干活也不偷懒，对旁边的东西从不多看，就是中途歇息时，也是很安静地抽烟，从不多说话。王翠花和他们说话时，他们也不敢拿眼睛看她，很胆怯的样子，这让王翠花感到很有意思，她从来没见过这么怕羞的男人。她也想起了她男人，那可是个不知害羞的货，见了好看的女人连命都不要了似的，有事没事就爱往女人堆里钻。相互一比较，王翠花就有些喜欢这两个男人，特别是更害羞的王虎，他看人时眼睛都不敢和人对视，但他干活特别地卖力，浑身有使不完的力气。他饭量奇大，一顿能吃她男人三天的饭，给王虎盛饭时，她心想，一个不能吃饭的男人，还是个男人吗？

有了这两个人，王翠花常常在干活时就停下来想自己的命，她感到她命特别苦，就这么嫁给了刘玉林，热脸贴个冷屁股，她又图什么呢？她有天甚至将王虎和刘玉林掉了个儿，她想王虎要是她男人，她一定能当家，王虎凡事都会听她的，他也会很疼她，想着想着，她竟在地头上睡了过去。

过了很久，王翠花被冻醒了，春天的山风还是很硬的，她睁开眼一看，王虎和他的伙伴已干到地头上了，她忙站起来，拍拍身上的土，也跟着到了地头。

王翠花走过去，说："你们怎么不叫醒我？扔下我一个人在那睡觉，你们俩在这干了半天的活。"

王虎没说话，他一边干活，一边嘿嘿地笑了几下。

他的同伴说:"大姐你是主人,我们给你干活,你在一边看着就成了,我们给你干活,挣你的钱,吃你的饭,还要让你和我们一起干活,这不合情理的。"

王翠花说:"你们把我当旧社会的地主了,我和你们一样,都是自己干活养活自己的,一点都不金贵。"

王虎这时却说了一句话,他说:"大姐,和我们比,你家的生活像天堂一样。"

王翠花被王虎的话逗笑了,她这几天给他们改善了一下伙食,将过年时做好的肉臊子烩菜给他们吃,他们很喜欢,每天见菜里有肉和红辣椒就高兴——山里的人一直保留着好吃肉的习惯,只要看见有大块的肉吃,就认为这是天底下最好的美食了。

王翠花说:"王虎,日子比我家过得好的人在上王能拉一火车,难道他们都活在天堂里吗?要真是这样,天堂还不被挤破了?我的好兄弟呢,也只有你会说我过着天堂的日子,在这个村子,谁还会把我当人看?"

她的话让王虎和他的伙伴半天没缓过神来,从他们脸上的表情,王翠花感觉到了她这句话的冒失,她怎么就轻易地将心交了出来呢?她看着气氛不对头,马上就换了个话题,说:"王虎,我给你介绍个对象吧。"

她的话又让王虎和他的伙伴放声大笑,王虎的伙伴说:"他年前刚结过婚,身上的喜气还没散尽呢。"

她多少有些失望,她没有想到王虎已经结婚,但山里的人结婚都早,这她是知道的。她说:"王虎,你刚结婚,怎么就出来干活了?"

王虎说:"结婚时背了点债,再说年过完了,在家待着也没事可做。"

王翠花又说:"刚娶了媳妇,怎么就没事可做了呢?"

她的话又让王虎和他的伙伴闹了个大红脸。

五

刘玉林这次浙江之行还算顺利,他去年一年在外面,摸清了市场行情,这次到了杭州,他将货直接运往当地的农贸批发市场,自己在批发市场的招待所里一住,货由批发市场替他卖,从他的货款中收取提成,他每天光记一下账就行了。

以前做小贩,他都是站在大街上叫卖,人一多就忙不过来,还常常被别人顺手牵羊,去年在外面,他每去一个地方都先去当地的果品批发市场和农贸市场,看那里的行情,看人家是怎么做头卖的,慢慢就有了点门道。这些农贸、果品批发市场都是国营的,管理很严格,收费也比较合理,只要他掌握好两地的差价,就不会亏本。他这次在浙江待了一个月,人也舒服,钱没大赚,除了还贷款和利息，剩下来的可以将村里人的欠债还上。只是他欠大哥、三哥和父亲那里的钱一时还不上，要等到秋季苹果下来了，他再想办法出去几趟。他想好了，这个季节也没别的生意好做，回家去先休整一下，等到秋季苹果下来，就往广东发几车皮，那里不产苹果，那里的人听说很富裕，肯定会有得钱赚。

到了宝鸡，这次是中午，他没有坐出租，坐了去县功的班车，然后换乘从县功到上王的便民车回了家。这一次，他的心情比上一次好了许多，加上春天的气息也已日渐强烈，他感到一切都是为了他赚钱而安排。

回到家，他要做的第一件事就是去给村里人挨家挨户还钱，村里人从他手中接过钱，几乎都是那种不好意思的难堪神色，就像这钱是刘玉林借给他们的而不是刘玉林向他们还债。村里人的神色让刘玉林有了一种自得和满足，他想村里人就想远远地站着看他的笑话，但他现在捧着钱送上门去，他们难免有些失落。他忽然就这样将自己和村里人对立了起来，他知道平静的生活使人总渴望有一个可以供他们嘴嚼不厌的话题，他引入的麻将风、和贩子的交往、他自己当贩子被骗，每一个都是村里人嚼来嚼去嚼不烂的话题，现在，他一下子就将自己洗干净了，将他们的债还了，这意味着他和村里人扯平了，谁也不欠谁的，村里人再也不能名正言顺地堆在一起议论他、可怜他，他们会有多难过。

刘玉林将信用社的贷款和利息算好了放入一个牛皮信袋中,又将从浙江给朋友买的一套西服带上,回来的第二天就去了信用社。他的朋友被他的突然出现吓了一跳,朋友在他去浙江以后,已陆续听到了有关他的很多谣言,正为他的事发愁时,他出现了。

刘玉林将牛皮信袋往朋友手中一塞,说:"本金和利息一分都不少,你点点吧。"说完,又将西装拿出来,说:"这是我从上海给你带回来的,在那边的街上,有很多人穿,我看你的身材很适宜穿西服,就给你带了一套。"刘玉林的举动又使朋友感动异常,他已还上了贷款,而且比签订的合同日期提前了两三个月,他在朋友和其同事面前大大方方地送上西服,给朋友的人缘又打了高分。他看着信用社的人一起点完钱,将他贷款的条子抽出来还给他,他才松了口气。

办完这些事后,刘玉林拍拍朋友的肩膀,说:"咱哥俩找个地方去喝两盅。"信用社的人也都附和刘玉林,说他们贷出去的款总是拖欠,收不回来,他的贷款提前收回来了,刘玉林是个讲信用的人,应该去庆贺一下。刘玉林说大家这么说他很高兴,但以后再贷款时,可要大方些啊,大家就说只要你像今次这样利落,让大家好办事,那有什么好说的,国家的钱总要贷给需要钱的人,再说,信用社每年的信贷任务也是很重的。刘玉林让大家一起去吃饭，他们看看刘玉林的朋友，说不必了，你们两个去吃吧，你们两个人也好说话，他们不便打扰。刘玉林说他俩说的话谁都可以听，没有隐私的。大家都笑了，说下次一定去吃他的饭。

两个人出来，找了一个馆子坐下，刘玉林让朋友点菜，朋友说你是东家你来点，刘玉林心里不是滋味，好在这样的小馆子，也没什么好菜，他随便点了两个菜，余下的让朋友自己点他喜欢吃的。他想这次贷款，朋友从他手上可没少捞，看朋友的架势，是没有将他引为知己的意思，但他秋季要去广东，到时一定还得求他，想到这，他不由一阵难受，这种有求于人的生活，何时才能结束呢？

朋友说："你走后，有几个人说起你，让我很为你担心，你这次平安归来，就是好事。为你的平安归来，我们喝一个。"

刘玉林说："去年的事，怕你担心，我一直没有找到恰当的理由给你说，现在可以说了，你也不是外人。"

两个人碰了一杯，刘玉林要了瓶西凤酒，他不喜欢喝啤酒，一喝啤酒就要上厕所，也喝不出啥味道来。

刘玉林说："那次苹果的确赚了钱，但我跟着几个四川的贩子去云南贩烟，他们说能赚大钱，我就将贩苹果赚的钱全部投了进去，没想到一车烟在路上被查住，全没收了。我赔进去七八万，家也不敢回了，这里面有我家里人四万多块，我当时差点没跳崖。后来就跟那些贩子到了四川，跟着他们折腾了一年，挣了几个路费回家过年。"

朋友说："是不是那几个贩子做手脚骗了你，让你跌得这么惨？"

刘玉林说："我也这么想过，但他们赔进去的是我的好几倍，再说在四川的时候，他们和我一样，都是吃大苦挣钱，也不敢回家。"

朋友说："人家可能是给你一口汤，怕你向他们要钱，故意给你看的，那些南方人坏着哩。"

刘玉林喝口酒，说："生意场上的事就是这样，已经过去了，也就不说它了，以后小心点就是，我现在就是一个人做，这样心安多了。"

朋友说："你以后有什么打算，还这么四处奔来奔去的当贩子吗？"

刘玉林又呷口酒，说："我还能干啥？我想这几年还能跑动，就多挣点钱，以后在家享清福吧。再说，我一边做生意，一边四处旅游，跑了很多地方，人活一世，干不了什么大事，总得见见世面吧，要不，一辈子窝在山里面，外面的世界是什么样子，我都不知道。我总算知道了城市是个啥样子，城里人怎么生活，其实，所有的人都在忙着挣钱，用各种方式忙着挣钱，我不抓紧，就来不及了，等到用钱的时候才去挣，早让人挣完了。"

朋友被刘玉林逗乐了，他说："钱是永远挣不完的，它就像流水一样，今天在这明天就到那儿了。说起去外面见世面，我倒很羡慕你，我连西安都没去过，那可是皇城，是我们陕西的省会。那儿真像电视上说的那么好吗？"

刘玉林说："那儿有什么好，上海、成都才叫好呢，咱们陕西人办事拿腔拿调的，我几年前去西安是这样子，这次回来下去看还是老样子，不像上海，你往外滩一走，那才像个城市哩。"

朋友说："等你下次出去时也叫叫我，让我去玩玩。"

刘玉林说："好啊，我过一阵子想去趟成都，没什么事，主要想去吃吃那里的小吃，你跟我一起去。成都是个好地方，只要你肯花钱，什么都能买到，连漂亮的城里女人都能买到。"

朋友有些吃惊，说："这是真的？"

刘玉林点点头，说："你只要肯花钱，你还可以挑选你喜欢的，有了钱，你想怎么玩都可以。"

朋友说："她们愿意？就不怕你是个乡下人，身上太脏？"

刘玉林说："她们就怕你没钱，别的她们都不怕。"

朋友说成都就是好，他一定要跟刘玉林去成都玩玩。他问刘玉林玩过几个城里女人，刘玉林脱口说他记不清了，谁还有心思去记这个，朋友对刘玉林又多了份敬重。

刘玉林说："秋季苹果下来，我要收苹果时，贷款的事还得麻烦你，你到时可要像这次一样帮我啊！"

朋友说："你若带我去玩，就没问题。你这次办事很利落，已给所里的人留下了好印象，相信不会太困难。"

刘玉林举杯跟朋友又干了一杯，他看看酒瓶，一瓶酒已所剩无多，他说再来一瓶吧，朋友直摆手，说已经够多了。刘玉林说："那今天就喝到这儿，下次一定喝翻你。"

六

夜里，刘玉林躺在炕上看电视，电视放的是《秦之声》，这天晚上，有省上的几个大腕演员的秦腔清唱，刘玉林看得心花怒放。王翠花早早地安顿女儿小巧在一边睡了，她忽然有一种强烈的冲动，但想起男人平日凶神似的模样，她心里有点害怕，不知如何表达。平日做这种事，都是她男人需要的时候才做，她有这种要求时，就只好咬住被角翻来覆去地叹气，她怕男人说她下贱，从没向他表达这种要求。今夜，她特别地冲动，可能是连日来在果园里劳动，恢复了体力，这几天又下雨，身上的力气没地方去，都跑到那里去了。她还非常短暂地想起过王虎，她想要是王虎敢勾引她就好了，王虎要是给她一个暗示，她就和他睡，除了刘玉林这个不是人的东西,她还没跟别的男人睡过,不知道男人有什么不同。在果园干活时,王虎的种种举动都让她异想天开,她感到她非常地下作,又找不到别的好想的东西来替代,她很少想刘玉林,他不把她当人看,他从来就没看起过她,她心里明白,他心里总是认为他和她结婚是吃亏了,她给他生了个女儿,他还这样想,以后也会这样想,他是个人吗?

她鼓了半天的劲,最后还是坐到她男人跟前去了。她上身只穿了件小汗衫,她已解除了武装,甚至有意让两个硕大的乳房露在胸前。她刚嫁过来时,胸几乎是平的,刘玉林摸着她的乳房说她的肉都长到不该长的地方去了,她有粗壮的大腿和肥硕的屁股。生完孩子后,她的胸部再次发育,就长成了现在的样子,吊在胸前。

刘玉林的心在电视上,当秦腔名角丁良生唱完《辕门斩子》中六郎的一折播广告时,他忽然回过头来看见了他女人,他说:"你看你像个发情的老母猪,吊着奶子傻愣愣地想啥哩!"王翠花心里不高兴,嘴上却说:"咱再生个男娃吧,人家都有男娃,小巧也没个伴,要生个男娃,小巧就不孤单了,她就有了个弟弟。"

刘玉林说:"你以为想生就能生?那又不是苹果,到树上摘一个就是。"

王翠花说:"苹果也要长一年的,一个娃才长十个月,可能还不到，小巧就提前半个月生下的。"

刘玉林说："村上的干部蚊子一样盯着你，你钱多，让他们罚了款去发奖金。"

王翠花说："让他们罚去，才两千块钱，去年咱家苹果还卖了一万多块钱哩。"

她要不说，刘玉林倒忘了这事，他问钱哩，她说在信用社存着，存单在柜子里，她从没向男人说过谎。

刘玉林不说话了。

王翠花说："我听说生过两胎后，只要我去结扎，村上是不罚款的。"

刘玉林说以后再说吧，你要生就生，我又不拦你。

王翠花说："我一个人咋生？我要自己能生，也就不嫁给你了。"

刘玉林说这倒是实话，但他并没有采取行动，广告死长死长的，他忍不住骂了一声，上王这地方就能收到一个陕西一台，别的节目收不到。

她终于敢将胸脯贴到男人的胳膊上去，让他给她一个儿子，她甚至都做好了挨一个耳光的准备。

刘玉林没有抽他女人耳光，他想这一年多来他都没尽过做丈夫的义务了，他看了看他女人，女人方方正正的，皮肤也还光洁，富于弹性，两个奶子也货真价实，他动手关了电视。

王翠花不再像以前那样咬了牙，闭了眼睛承受，她勇敢地迎接着她男人，这让她男人惊喜。他凡事都想占个上风，让女人无话可说，可这一次，他翻来覆去都占不了上风，女人像是满怀了仇恨似的跟他纠缠，她也是闭了眼，但双手紧紧地抓住他，生怕他忽然间就挣脱了出去，她还用手托着他的臀部，迎着他的节奏用力往下拉了几次，他感到新鲜，在他纳闷时，女人忽然用力翻了个身，将他压在了身下。怎么也不能让女人占了上风，他又恢复了原先的姿势，女人不依他，这样持续了一阵，他的体力已明显地不支，特别是两条腿已经疲乏，连一点的力气都没有了。

这一夜，王翠花非常幸福，在他们平息了这场战斗，打扫完战场后，她男人奇迹般地拥抱着她入睡。她将脸埋在男人怀里，将他的胸脯吻了又吻，她第一次感到做一个女人有多么幸福。

刘玉林睡得很死，他不知道他女人王翠花在今夜已认为她是世界上最幸福的女人了，他在养精蓄锐，为了秋天的冲刺，他已做好了各种准备，他要在村里人面前重新树立一个良好的形象，以便他拿了钱还能买到最好的果子，还能在夜里安心地睡觉。他甚至想到大赚一笔后就在宝鸡买一套房子，没生意可做的日子，就住在城里，学着那里的人，坐在渭河岸边的河堤上看风景。他去打听过了，在宝鸡花五万块钱就能买上房子。

这一夜,他还做了个梦,梦里,他女人向他表功,说她已经有了,他说你像头猪似的,啥时候怀上的,他女人黑着脸说那得问你是啥时候下的种,他想了半天说他也记不准日子了。

(原载《延河》1999年第7期 责任编辑:苑湖)

靓汤谱

我泄露了我们的秘密

秋天的童话

中篇小说

靓　汤　谱

一

　　岭南的秋天，就像人的命运，你还没来得及品味，就悄然而去。秋雨秋风才折腾了一夜，早晨醒来，房间里就有了寒意，看看手机上的天气，气温骤然下降到了10℃，岭南的10℃，冬装就要上身了。

　　昨天参加完编委黄江的追悼会，大伙心情都不怎么好。黄江还有半年就退休了，几天前值夜班时，在办公室晕倒，就再也没有醒来。晚上下班后，开始变天了，王立明和几个同事在一家雷州狗肉馆喝酒一直喝到半夜，回家时淋了雨，妈妈一边数落他，一边用可乐煮了姜丝让他喝了。早上起来，头还是有些痛，他想，可能是昨晚喝的酒太次了，几十块一瓶的原浆酒，喝完不上头才怪。喝酒的时候，他们还笑老编辑李民小气——昨晚是李民请客。李民端着酒杯笑眯眯地说："做我们这行，有酒喝，有肉吃就不错了，你们还挑三拣四的，简直不知好歹。"

这段时间，有关报纸停刊的消息满天飞，大家都没有心思干活，有门路的都备好了后路，他们几个没有门路，就喝酒。都说物以类聚人以群分，对他们再恰当不过，大家都来自五湖四海，操着不同的口音，坐在隐匿在小巷深处的雷州狗肉馆里默默喝酒，黄江和他的死，谁也没有提起。

王立明怎么也没想到，给黄江写长篇通讯的任务会落到他头上。报社里获过新闻奖的人一大把，就是副刊部，经常在报纸上发诗歌的、出书的人也是一茬一茬的，可是，副总编刘秀萍偏偏点了他的将，将他叫过去，说："你不是在出版社干过编辑吗？好好采访一下黄江身边的人，先写个通讯，然后深入挖掘一下，这个题材很好，写好了，会是一本获大奖的书。你去资料室查一下90年代初的报纸，黄总的成名作和后来报社宣传他的文章，都是整版的，具体时间我记不清了，你自己去查一下。和黄总的家属也沟通过了，她会配合你的。"

"写好了，会是一本获大奖的书。"王立明一想起副总编刘秀萍的话就暗自发笑，报纸都快停刊了，还写书，还获奖，这迷魂汤灌的。黄江是什么人啊，他刚进报社时，黄江是新闻部主任，有红包的、有权有势的单位都是他亲自跑，有时也带着王立明，但红包和对方放进他车子后备厢的东西，他连句客气话都没有，王立明只有回来写稿子的份。让王立明最不开心的还不是这个，黄江的老婆办了一个汽车美容店，他安排王立明和周山去写过两次报道，到了饭点，黄江老婆像招呼她手下的员工一样，面无表情地说："今天就到这里吧，出门左拐就是地铁站。"以往，这种商业性的报道，都是有饭吃，有红包拿的，要不然，这种稿子，谁会写？后来，黄江当了编委，又去分管广告部了，车市和楼市这两大支柱让他自顾不暇，广告部也就名存实亡。他要是不管广告部，分管新闻部呢，说不定就不会这么早走了。分管新闻部的是常务副总编，是他以前的领导刘秀萍，他只是编委，连副总编都不是，新闻部是报社的柱子，怎么能轮到他？再说了，几次和总编辑职位擦肩而过后，常务副总编刘秀萍患上了抑郁症，谁好意思去和一个患有抑郁症的人争位置？

　　黄江曾经是外来工的励志名片。高中毕业后，他跟着一帮湖南老乡来深圳打工，先是在工厂，后来在报社当保安。他从小爱好文学，经常在副刊上发些豆腐块文章，慢慢地在湖南老乡圈就有了些名气。有一次，他们老乡聚会，一个女孩子听说他会写文章，还在报社工作，就问他，她姐姐的故事很感人，也很悲伤，他要不要去写一下。聚会结束后，黄江就跟着去了，她们住在深圳河边的村子里，这个村子在深圳很有名，很多香港人在这边租房养着来深圳打工的年轻女孩子，女孩子的姐姐就是其中一个。进了门，黄江忽然有些后悔，他一直没好意思说自己只是在报社门口值岗的保安，对方显然把他当成了记者。门已经进了，他就硬着头皮，坐在沙发上，听她们姐妹讲自己的故事。两姐妹都是读过书的，姐姐上的是税务学校，妹妹上的是卫生学校，都是中专毕业生，在老家的小城也都有工作。先是姐姐跟着同学来深圳，在一家香港人的工厂做会计，后来妹妹也来了，在医院做护士。姐姐就是在香港人的工厂里和港方的管理人员好上的，他说离婚了，这是香港男人挂在嘴边的口头禅，她知道他在那边有老婆孩子，每到周末，他都要过香港去，周一早上才回来，她还是和他在教堂里结婚了，这种婚姻深圳不认可，但香港人认可，他们还在楼下的酒楼摆了几桌。一年后，她生下一个女儿，香港爸爸从此就消失在界河那边，再也没有回来。很多次，她抱着女儿，站在深圳河边望着对面的香港，他能过来，她却过不去，去香港需要商务签，她去哪里弄商务签呢？她只能等，等着香港回归。聊到中途，她忽然说："前一阵香港的电视台过来在这个村子拍了一个专题片，说的就是香港男人在深圳这边养女人的事，里面有我的镜头，我用录像机录了下来，放给你看看。"专题片很长，讲的又是粤语，好在采访对象大都说的是湖南江西四川话，黄江有一句没一句地听着，镜头里的女孩子脸上都是阳光灿烂的神色，就是那几个哭诉的，也是对往后日子的担忧，对她们的男人在香港那边有没有家庭，倒是很少谈起。

从两姐妹家出来，黄江有些激动，他知道这是个好题材，也是他的机遇，每天看报，他读的最认真的就是副刊，对副刊上面刊发的那些深度报道，他是了然于胸。回到他住的集体宿舍，他就趴到桌子上开始写，一个晚上下来，他将写好的稿子誊抄好了，放进口袋里，躺在床上小睡了一会儿，他知道，这篇稿子会改变他的命运。

很快，这篇"香港爸爸，消失在深圳河那边"的纪实稿，以整版的篇幅发表了，稿子还得到了集团领导的表扬，当领导得知这篇文章的作者是报社门口的保安时，很是惊喜，只有初小文化程度的领导，平日里就不怎么喜欢这些自以为是的科班出身的下属，他用人也不看文凭只看能力，让很多名牌大学出身的手下很是不爽。他办事果断，从不拖泥带水，在编委会上，他说我们报社还是有人才的嘛，一个小保安，选材和文笔我看一点也不比你们这些科班出身的逊色嘛，他当场拍板让黄江去报社广告部做楼市记者。那个时候，楼市车市是报社广告部的支柱。就在那一年，黄江的这篇稿子获得了市里的新闻奖，他本人也获得了"优秀外来工"的称号，户口也随即从湖南乡下迁到了深圳，成了深圳人。

更让人意外的是黄江和他写过的这个女人结婚了，他们结婚时，她的孩子已经五岁，之前她自己开了一个洗车场，独自养活着女儿，和黄江结婚后，她的洗车场也很快就发展成了汽车美容店。

王立明硬着头皮去了黄江家的汽车美容店，黄江老婆递给他一个大牛皮纸袋，说："他以前是文学青年，有记日记的习惯，你带回去看看，兴许会有用。"她已经不年轻了，浓妆艳抹，衣着鲜艳，全然不像刚刚死了老公的人。王立明拿着牛皮纸袋，在手里翻来翻去转了几下，牛皮纸袋很重，他知道黄江这一辈子就在这牛皮纸袋里了，他将牛皮纸袋装进背包，临走时，女人说："你还这么年轻，要早做打算，现在做这行，不要说养家，连自己也养不活的。"王立明匆忙道谢出来，他实在受不了她身上浓烈的香水味。

走在初冬的街头，美人树、三角梅、洋紫荆竞相开放，繁花似锦，两千公里外的西安，昨天已经下了一场大雪，女友刘丹站在雪地里和他视频，她说她不想再打光棍了，她要结婚。他们就这样在视频里僵持了很久，直到刘丹说她快冻僵了才关了视频。在很多外地人眼里，岭南只有夏天和冬天，春秋两季就像饭前的开胃小菜。相比酷暑难耐的夏天，王立明更喜欢冬天，冬天，他的头脑也清醒些。

回到家，妈妈正坐在沙发上看《靓汤谱》，最近她忽然对煲汤上瘾，照着《靓汤谱》试着煲了几次汤，总是不尽如人意，但她一直舍不得放弃。见儿子回来，她放下《靓汤谱》，说："广东人真会吃，煲个汤都这么复杂，要煲一锅好汤，比我当年写硕士论文还费劲。"王立明过来坐在妈妈身边，拿起《靓汤谱》翻了翻，说："以前在西安时，天天喝西红柿鸡蛋汤不是一样过日子吗，费这劲干啥？"妈妈敲敲儿子的头："广东这地方能和西安比吗，我们西安四季分明，这地方，不喝汤，身体很快就垮了。今天给你煲个花旗参海底椰煲乌鸡汤，乌鸡我都买回来洗好了，看你最近老是烦躁困倦，这个汤刚好治你的病。"母子俩哈哈大笑着倒在沙发上，笑够了，王立明站起来，说："生活要是也能像《靓汤谱》这样照猫画虎就简单多了。你好好煲你的汤吧，我还要完成领导交给我的工作，一点不比煲汤省事。"

牛皮纸袋里有黄江留下的四个笔记本，已经发黄、字迹模糊的是早年的两本，看得出，他早年为了写日记，特意头了两本还算精致的笔记本，虽然已经发黄，但保存得比较完好，另外的两本，都是报社的采访本，显然，他对这两本没怎么上心，采访本上面印迹斑斑，线装的册页已

111

经松散，甚至还有烟头烫伤的痕迹。

　　王立明翻开编号1的笔记本，一下子被黄江的一手好字吸引，黄江的钢笔小楷端正古雅，他一定临过帖——都说字是一个人的脸面，字写得好的人，总是想在众人面前留下一个完美的形象。王立明小心翼翼地翻着日记本，前面的日记大多写的是天气和日常，都很简短，有很多页，上面就是两个字：天晴、阴天、下雨，后面的也是简短地记录一下他一天的日程，见了谁干了啥，和谁说话了，说了啥，一个字不提。翻到最后，王立明眼前一亮：

　　今天是1991年2月6日，天气很冷，没有下雪。今天见了放假从城里回来的同学王东，说了几句话，王东上了市里的专科学校，回来和村里人说话，说的是普通话，和我说话时，两手插在呢子大衣口袋里，很骄傲的样子。村里的张阳在北京上大学，是重点大学的本科生，她回来，见了人，还是和村里人说一样的话，她家比王东家有钱，也没见她买时髦的呢子大衣，两手插在口袋里和村里人说普通话。读书时，他们两个都没有我学得好，可他们第一年就考上了，我考了两年，连个高中专也没有考上。在村里当民办教师的老爹说这是我的命，我不信命，我是用力过猛了。年后，我就跟堂兄他们去深圳的工厂打工，考学的路走不通，打工的路还走不通吗?!

合上日记本，王立明感觉胸闷，就去阳台上站着，阳台对面是另一户人家的阳台，他要是伸手再探出半个身子，就能摸到对面阳台，现在，阳台都用不锈钢防盗窗封死了。人们说这是握手楼，对面的阳台，和他家的阳台一样，除了晾晒的衣物，啥都看不到。

二

街上的红灯笼一挂出来，年关就到了。单位里，年终总结大会开过了，优评了，年终奖和评优奖金都发了，平日里干瘪的钱包只有到了年关才会鼓起来。年终奖年年缩水，今年也没有例外，但比大伙预期的一万块的回家路费还是好一些，部门也评了优，每个人也有三千块，一年来的不快，也暂时地烟消云散了。穷家富路，再穷也要过年，攒了年休假的人已经躺在回老家的卧铺上，火车站、长途汽车站日夜不停地将操着外地口音的人送回他们的故土，城一下子空了、静了、落寞了。

故乡，在过年的时候才显现出特别的意义。以前在西安时，每当过年，看着人们肩扛手提着大包小包往车站赶，王立明很是羡慕。他出生在西安城里，妈妈也是城里人，没有故乡可以回。爸爸倒是有故乡，就在不远的华山脚下，可他逃跑了，消失在他的生活里，就是他没有消失的时候，妈妈也从不让爸爸带他回故乡，怕他染上他们那里人的乡气。

现在，王立明倒是有故乡可回，可他家的房子租出去了，回家还要住宾馆，女友刘丹说他们回去，可以住她家，她回父母那里住，妈妈首先否决了这个提议，大过年的，住别人家，自己和别人都闹心，这年过得也不会舒坦，再说了，只有七天假，还不够路上折腾的，在哪不是过年，两个人回家的路费，在深圳也够过年了。

年夜饭妈妈也订好了，就在两条街外的缪氏川菜馆。去年女友刘丹过来，他们就在那里吃的年夜饭。今年，刘丹要在家陪父母过年。春联贴上了，门上的福字也贴上了，家里的卫生不用特意打扫，平日没事，妈妈就已经收拾得很干净了，两个人的年，也不用铺排。冰箱里也装满了年货，就等着新年的钟声敲响。

岭南的冬天，寒气直往骨头缝里钻，王立明穿着羽绒裤都觉着冷。妈妈最近从隔壁广东阿婆那里得到了一点煲汤的真传，又在厨房里忙活，她说今天简单一点，就煲个玉竹党参红枣排骨汤。王立明对喝汤没有太大的兴趣，每次都是妈妈逼着喝两小碗，他也不是很喜欢吃肉，就喜欢面食，常常在汤里加了挂面，吃得满头大汗。

黄江的日记他看完了，但这个稿子怎么写，他心里一点底都没有，副总编刘秀萍也没有催问，她的抑郁症加重了，年终总结会都没有出席。黄江写在报社采访本上的日记，和前面落魄、苟活、四处找饭吃的形象反差强烈，他在后面的日记里，展现在人们面前的完全是一个成功者的形象，他过上了体面的生活，在同事、家人、同学、村里人面前有了一个清楚的轮廓。他没有上过大学，但在村里人看来，他才是可以拿出来教育后人的典范。他在老家盖了三层楼房，还学着城里人的样子，在院子里建了一个小花园，这些活，都是他在深圳当包工头的同学王东带人回家干的，他在深圳给他的同学介绍业务，他的同学照顾他的父母。

王立明翻到黄江离开家的前夜写的日记，那个时候，他还有一颗朴实的心。

1991年2月21日，阴

明天就要跟着堂哥他们去深圳打工了，心里乱糟糟的，这一步走出去，就不好再回来，去了外面的花花世界，心就再也回不到村里了。

年初二，去后山给舅舅拜年，舅舅说，我的同学托他做媒，这让我两天不得安宁。托他做媒的是我高中同学凌小燕，她爹会养鱼，也会做鱼，在镇里开了一家饭馆。我们从小就是同学，她家有钱，住楼房，我家没钱，住土屋，她从小就欺负我，从没拿正眼看过我。我娘是苗族，我长得也像苗人，高颧骨，厚嘴唇，皮肤也黑，干瘦干瘦的，她经常喊我猴子，从不叫我的名字。有一次学校春游，我和几个胆大的同学偷偷跑去水库里游泳，痛痛快快地洗了个澡，回来路过镇里粮站，他们都去量体重，我也跟着去量了一下，结果，体重比以前少了十斤，村里人说，粮站的磅秤从来就没准过，这下我信了。就在我们几个刚刚游完泳的同学相互打趣时，凌小燕过来对我说，你刚刚洗澡，身上的脏东西都洗掉了，少十斤正常的啊。我也没敢还嘴。现在，她忽然托舅舅做媒，我想她又在作弄我，她肯定知道我还没有找下对象，拿我寻开心，一个住楼房，长得还顺眼的女孩子，脑袋又没进水，她会住进土屋里来？

比起凌小燕的作弄，开往深圳的长途班车说是要走两天，更让人担心，平日里，去县城，坐一个小时的班车我都晕车。我爹用罐头瓶给我灌了一瓶的米酒，他说，晕车的时候，喝上两口，喝晕了就睡觉，一觉醒来，深圳就到了。我爹是村里的民办教师，我的地理知识都是从他那里得来的，出门我从来没有分清过东南西北。我半信半疑地将一罐头瓶米酒放进包里，晾晒好了的被褥也已塞进蛇皮袋子，就等着明天一大早下广东。

妈妈端过来一碗排骨汤，将黄江的日记本推到一边，说："我没事也翻看了一下他的日记，不要被他日记里的悲观气息影响了你的心情，办法总比问题多。他的日记写得最好的，还是以前落魄的时候，从乡下到城里打工，那个时候他没有钱，没有社会身份，但内心是阳光、干净的。农村人进城，得意的时候，嚣张、跋扈、他就是太阳、见不得别人好；一旦失意了，就沮丧、抱怨、沉沦，好像全世界都欠他的。报社现在这样子，就是他们这些人瞎折腾的，你看他的日记里，没有一句把报纸办好的想法，写的都是职位和他的付出不匹配啦，奖金又少了多少什么的。这个人和你爸一样，成不了大器，只是，你爸脸皮厚，还活着。"两个人哈哈大笑了一会儿，妈妈说："我去超市转转，买点水果回来，你把汤喝了再看，这个又不急。"

1993年5月1日

今天是我结婚的日子，洪庆梅说不用摆酒席了，我是第一次结婚，她说她带着一个五岁的女儿，我刚刚在报社提了楼市版的主编，太张扬别人会说闲话。写洪庆梅故事的那篇通讯见报后，我的路就开始顺了，稿子获奖后，我通过获评"优秀外来工"这个路径落户深圳，要知道，报社很多名牌大学毕业的人，户口还没有过来，尽管我是以外来工的身份，以工人的身份在报社工作，我的社保却是以深圳户籍交的，身份证有个醒目的T字母，进出深圳再也不用办边防证了，是真正的深圳人了。

很多人问我，怎么会喜欢上洪庆梅，一个和香港人生过孩子的女人，我也说不好。自从给她写了那篇文章，她或许是为了表示感谢，经常叫我去她家吃饭，就这样，我们成了无话不谈的朋友。她做菜一般，一点都不如她妹妹。想要吃可口的菜，只有她妹妹在家的时候，但她妹妹在医院里做护士，经常加班。

洪庆梅长着一张可爱的圆脸，笑的时候就会有酒窝，她性格开朗，从早到晚都是乐呵呵的。她以前那个香港男人给她存了一笔钱，还在村口给她办了一个洗车场，雇了几个人打理，她每晚过去清查一下账目，平常都不过去，就在家带孩子。

我喜欢圆脸的女孩，这种女孩大多脾气好，不会认死理。洪庆梅的妹妹干瘦干瘦的，我就不喜欢，她认死理，喜欢和人分个高下，和这样的女人在一起，男人还不累死。

起初，我盯着洪庆梅的圆脸时，她会说："别看了，你又没深圳户口，看也白看，自己还着急。"经常地，我会在她那里看电视看到很晚。村子里每栋楼房的房顶，都被电视天线占领，人们看电视，也只看香港的几个频道。我住在单位给的单身公寓，还没有攒够钱买电视。

不久，我有了深圳户口，我再盯着洪庆梅的圆脸时，她说："反正也没有更好的了，那就为了女儿有地方读书，委屈一下自己吧。"她将圆脸埋进我的怀里时，还在大笑。我第一次拉了她的手，她的手绵软无力，手心里汗津津的。

她的腰身也是软的，摸不到一块骨头。

后来，我们的关系确定下来后，洪庆梅给我说，她选择我是因为我长得比较丑，没有女人和她争我。她以前读书时的男朋友，后来的那个消失在深圳河那头的香港男人，都长得太帅了，也都靠不住。我站在镜子前，足足看了自己五分钟，不要说长得好看的女孩子，我自己都不愿意再看自己一眼。这个也不怪我，我们一家人都丑，以前村里人说起我们家的时候，总是说就是那家，丑八怪那家，好像我们一家人都没有名字似的。

我们就在家摆了一桌，请了几个平日关系密切的老乡，报社的人，我一个也没有叫。菜都是洪庆梅的妹妹做的，这个她拿手。酒是我同学王东的，他大专毕业后在这边搞工程发了财，他搬来一箱茅台，一箱红酒，还带了几条芙蓉王给我壮腰。王东是我最好的同学，也只有他，没有喊过我家丑八怪这个外号，他都叫我黄江。我的新家，三室两厅两卫的房子，就在报社后面，首期也是王东给我出的，这样的朋友，不是每个人都有，我有。

今天，一桌人都喝多了，就洪庆梅五岁的女儿没有喝酒。我晕乎乎地躺在沙发上，看着她一会儿捏一下小姨的鼻子，一会儿抓一下她妈妈的头发，她还憨憨地笑着，坐在王东的胖脸上，王东喝多了，正躺在地板上打呼噜。过日子也就是这个样子吧，还能怎么样？

合上日记本，王立明忽然想给女友刘丹打个电话，这个时候，她应该正在和父母打扫卫生准备年货吧，老家的年，这些年也似乎都是应付，没有了早先年的喜气。

黄江走了，再也看不到他骄傲了半生的报纸行将停刊的尴尬，他要是还活着，又能怎样，他就是个编委，一样被分流，在等待退休中接受命运的戏弄。

王立明拿着手机在屋子里转了几圈，女友刘丹的电话号码他调出来了，就是没有勇气拨出去，常言说报喜不报忧，这大过年的，他不能让刘丹替他担忧，他也不想过早地给自己的深圳之行，画上一个悲凉的句号。或许还有转机，当一切都未尘埃落定时，事情还是要往好处想。

三

新年的喜庆氛围还没完全散尽，报纸停刊的消息就在群里传开了。和以往的小道消息不同的是，这次是以红头文件的形式公开在群里，上面盖有报业集团的红色大印，大幕就这样落下了。

真是让人喘不过气来的开年大戏，先是患有抑郁症的副总编刘秀萍跳楼自杀，紧接着，副社长梁虎因为经济问题被双规的帖子就在网上流传。相比之下，已经疯传了大半年的报纸停刊的消息，也就是地方新闻里的一个不起眼的资讯而已，大家连一声哀叹都没有发出。

热闹了一天的城市安静了下来，倦鸟归巢，人累了，狗也睡了，温柔的春雨时断时续，眼下正是岭南春夏交替时节，天气阴冷潮湿，人们已经开始期盼夏天了。

失业的人就像一件过了季的旧外套，在哪里都是多余的，以往的勇气似乎也受潮了，一次失业就能让你像打折出售的商品，留下永久的阴影。

吃完早饭，王立明叮嘱妈妈去楼下走走，不要总是一个人待在家里。眼下，正是深圳回南天肆虐的时候，晾在阳台的衣服已经一个星期了，还是湿漉漉的，连地板、墙壁也在往外渗水，一切都在黏稠的湿气中萎靡着、沉睡着，等待着太阳露脸。

为了省电费，妈妈一直不愿意开空调，只有晚上睡觉时，摸着床上湿乎乎的被子，她才不得已地开一会儿。

"昨天房东打电话来，从下个月起，房租又要涨了，我们这一室一厅的这次要涨两百块，隔壁两室一厅的涨得更多，四百块。深圳这地方，怎么啥都这么贵，咱家在西安的房子，一百多平方米，那么好的地段，一个月才租两千多块，这里城中村四十平方米的小房子一个月两千五了，他还要涨。"

王立明苦涩地笑笑，说："这里是深圳嘛，全中国想发财的人都往这里跑，要是在唐朝的话，那一切不都反过来了，我们西安可是首都。谁让我们没落了呢，还跑到人家这里来找饭吃。房东要年年涨房租，这都在意料之中，你不同意涨就得搬家。如果另外找房子，麻烦不说，别的地方说不定更贵，我们在这里住三年多了，习惯了，搬到别处去还不一定习惯呢。你就放心吧，有儿子呢。"

"就你那点工资，还不如你妈的退休金呢，我们今年的退休金也涨了三百多块，这样一想，心里也就平衡了，人不能认死理，要不心里总会不痛快。快去上班吧，路上看着车，都快三十的人了，整天跟没魂似的，让人不放心。"

出了家门，走上车水马龙的大街，王立明忽然不知道他应该去哪里。在这次报社的大裁员中，他也被裁掉了，在报社的红头文件下来前，他已经半个月没上班了，为了不让妈妈担心，他一直没有说。前几天没有回南天，他就去莲花山公园的长椅上坐着，看看书，玩玩手机游戏，到了下班时间再回家，可今天湿气这么重，平时出来跑步的人都很少，他就漫无目标地在街上走着，走到哪里就是哪里。

走在街上，吹着温润的海风，心情也不那么潮湿了，他忽然想起以前部门里的一个同事马菲菲在前面的路口开了家奶茶店，就走了过去。他在报社工作的三年里，部门的同事换了一茬又一茬，他们散布在深圳的各个角落里，干啥的都有。有次他陪妈妈去剪发，那家发廊的老板竟然是他刚进报社时的部门主任，还给他妈妈打了八折。没有了广告客户，报社的办公楼就一层一层地出租了收房租维持，很多记者连办公桌都没有了，写了稿子直接发到编辑的邮箱，倒也省事。

时间还早，奶茶店门前显得有些冷清。王立明进去，却吃了一惊，和他一同被裁掉的几个同事正坐在里面聊天，老板马菲菲见他进来，就大叫："怎么到处都是我们的人啊，又来一个失业的记者。本老板富有同情心，对失业的记者同行一律五折优惠。"

王立明笑着说："能赊账吗？失业的人哪喝得起奶茶啊，喝自来水还差不多。"

大家就一起哄笑，老板马菲菲说："有姐吃的就有你们吃的，姐是女汉子，对别人是既不打折更不赊账。但对一起战斗过的记者兄弟姐妹，尤其是失业了的记者兄弟姐妹，怎么都行。"

"你们不去找工作，都聚在这里，不影响马菲菲做生意吗？今天我请客，你们要喝什么，珍珠奶茶还是……"

老板马菲菲踢了一张凳子过来，示意王立明坐下，"他们几个是刚刚吃完早餐过来的，你呢，来一个珍珠奶茶？"

王立明连忙摆摆手，说："我也在家吃了早餐，失业的事没敢对我妈说,骗她说我去采访了。出了门,发现没地方可去,前几天都在莲花山公园待着,今天太潮湿了,就在街上瞎走,就走到你这里来了。"

大家就笑,李民比他们几个年长些,在报社的时间也最久,他以前是编辑,为人比较随和,编稿时从来不为难记者,和大伙的关系也近。他说:"谁不一样呢,你们年轻还好一些,我人到中年,忽然失业了,房子要供,孩子要养,现在我到哪里去找工作呢?我准备在报社门口开个收破烂的店,专门收购废报纸和报社里的人,反正都快成破烂了。"

马菲菲给大家倒上水,坐下说:"需要打下手的伙计吗?算我一个。"

林萍是美术编辑,说:"店面的包装和设计,我包了,保证比你编的版面美观大方。"

大家相视一笑,忽然沉默了下来。这时,马菲菲指着马路对面一个肥胖的男人说:"看到那个胖子了吗?他以前是黄江的副手,广告部的副总,黄江去世后,后台没有了,就以业绩不好为由被炒了,现在在后面的城中村里开了几家按摩房,听说发财了。"

"那我们也合伙开一个吧,让你当老板娘,怎么样?"林萍说完,捂着嘴笑了起来。

"那种店,说真的,我们这些人还真开不了,要黑道白道都能摆平才行,再说,我也不够风骚啊。我也就开一个奶茶店,有一口汤喝的本事。记得新闻部的老刘吗?他去年离开报社后开了一家兰州牛肉面馆,在罗湖老城区那边,不到三个月就关门了。那边住的大多是广东人和香港人,人家进店里一看,没啥可吃的,他们要吃烧鹅,吃大鱼大肉,你把牛肉面馆开那地方,能行吗?听说赔了几十万。我们这些人,除了写写稿子,干别的还真是不在行。你们啊,就四处找找看,深圳这么大,还能饿死不成。对了,你们怎么不去网站、新媒体平台那里看看,腾讯不是经常招人吗?"

李民说:"我们这些传统媒体的人根本干不了新媒体。新媒体太开放、纵情,有的还不注重新闻事实,也不尊重新闻规律,新媒体的产品宣传、推广、营销手段都太市场化,文字就是产品,你不仅要有能力贩卖你的创意产品,还需要你的用户理解和接受。我们报社有很多去了新媒体的人,现在还在做的很少,做得好的就更少了。这是两个完全不同的领域,我老了,肯定是不行的,你们年轻,可以去试试。"

"我是不想再去找工作碰钉子了,我准备开一个美术班,教孩子们画画。深圳的家长很看重孩子综合素质的培养,也乐意在孩子身上花钱。想想看,现在每个家庭最舍得投资也不得不投资的是谁啊,孩子。这是一块很大的蛋糕。"林萍做了个鬼脸,"要是我真的做好了,我还可以再开一个作文辅导班,小记者培养班,让你们这些失业的记者来给孩子们讲怎么写作文啊怎么采访啊什么的,怎么样?"说完,她自己先哈哈大笑起来。

"想法挺好的,问题是资金怎么办,前期的投入也不小呢。"

"我们不是来得早嘛,还是享受了特区的一点福利,分到了一套八十平方米的福利房。我已经把房子卖了,现在租房子住,要是以后能挣到钱就再买一套大的,挣不到钱,这辈子就租房子过吧,怎么都是过日子。我是再也不想上班了,越穷越要上班,越上班越穷。"

这时,王立明才想起来,上次林萍请大家吃饭,她说她离婚了,孩子也归了丈夫,那天林萍喝了很多酒,后来还跳到饭桌上给大家唱歌。

"你们几个还年轻,多投几份简历,不要灰心。"林萍见大伙沉默,反而安慰大家。

王立明苦笑着说:"我都投了一百多份简历出去了,深圳的大小媒体,大中学校,我是挨个投了,一份回应都没有。寡妇睡觉,上面没人啊。以前刚毕业的时候,在西安,我就这么干过,没有任何效果。也不可能是我们陕西师范大学太差了吧,虽然我不是师范生,可那好歹也是211,是部属高校啊,投一堆简历出去,竟然没人理会。

下一步我准备给深圳的各个小学再投一次，我就不信，我连个小学老师的工作都找不到。"

坐在边上一直没有说话的周山说："立明啊，我一直不明白，你干吗要跑到深圳受这份罪呢，现在还要你妈妈陪着你受罪。你家是西安的，就算西安比深圳落后，它也是较大城市吧，把西安的大房子租出去在深圳的城中村住一个鸡窝，这是何苦呢。我是没办法，你知道我家是陕北农村的，我没有退路，也回不去，家里为了供我上大学欠了一屁股的债，我得还清了。"

王立明拍拍周山的肩膀，说："我妈退休了，她一个人在西安我不放心，她也不放心我，她没有来的时候，我们不是经常在楼下的小饭馆瞎对付吗，有时干脆就吃个方便面了事，我妈来了，至少有人做饭吧。你小子别没良心啊，你没少在我家吃面啊。"

"这个我一辈子也忘不了，我也不是忘恩负义的人啊。深圳这么热，我们都受不了，在四季分明的北方过了一辈子的老人能受了？哎，我那些在西安的同学都以为我在深圳工作，挣了大钱，我都不好意思说，要是他们知道我一个月扣完五险一金拿到手就四千多块钱，他们还不笑死了。奶了，现在连这四十块也没有了。以前发了工资，我先给家里寄一千块，再交一下房租，经常口袋里只有几个硬币，这个月给家里寄钱，我都是用的信用卡，几张信用卡都刷爆了，银行雇佣的催债的一天无数个电话，都找到我老家去了。我想好了，要是再找不到工作，我就去工厂打工了。"周山说着，眼睛有些湿润，林萍递给他一张纸巾，"不要这样，要是实在没有好的地方去，我的美术班开业了，你就来我这里，反正我一个人也忙不过来。只是，从此以后，你可就成了个体户了啊，你的研究生也白读了。"

"在深圳，最不缺的就是研究生，你看看，连小学老师都要研究生，所以啊，我们要放下身段，我们现在是失业的媒体人，是没人要的媒体人。我前几天去吃饭，遇到一个同学，她是南京大学的研究生，以前也是在报社工作，好像还获过深圳新闻奖，现在呢，在平安保险公司卖保险，她戏称自己不是卖保险的，是理财经理人，开的宝马，手里拎的是LV。职业没有贵贱，关键是你必须找到最适合自己的，那才是最好的。"马菲菲说完，起身招呼她的伙计给大家上奶茶，"我请大家喝一杯奶茶，我坚信大家都会越来越好，不管我们干什么，就像我卖奶茶吧，那也是一个曾经的名记、一个名牌大学的女研究生卖的奶茶，她不会掺假，是货真价实的有文化基因的奶茶。哈哈，你们千万不要泄气啊，都要活出个人样来，不为别人，就为自己也要好好活着，活不下去的时候，就好好想想：我们曾经是无坚不摧的记者，是'铁肩担道义，辣手著文章'的媒体人。"

大伙沉闷的情绪被马菲菲一扫而光，李民说："我怎么就想唱《国际歌》呢，马老板，在你店里能唱吗？"

"随便唱，反正现在也没客人，但有一点，唱高兴了可不许脱衣服。"

大伙就起哄，在上次的聚会中，李民喝多了，他招呼大家唱《国际歌》，唱得兴起，竟然脱掉了上衣，饭馆的服务员过来劝他穿上衣服，还差一点发生冲突。

"你写黄江的文章写好了吗？"李民忽然问王立明，王立明苦涩地笑笑，说："报纸都没有了，写了也没地方发表啊。"

李民拍拍脑袋说："都怪我，我以为你是知道的。刘总生前安排这个任务的时候，特意说过是集团的领导交代的，你不就是她安排进来的吗？领导让你写这篇稿子，就是想通过这篇稿子把你弄到她那边去，你呢，报纸停刊了，稿子也没见出来。大伙都说我没有心机、缺心眼，你比我还没有心眼，如何在这里立足？"

大伙都不说话了，看着李民，李民说："黄江这么复杂的人，让王立明去写，也有点难为他。黄江其实和我一样，这辈子不开心的时候远远多于开心的时候。我和他进报社的时间差不多，我是大学毕业分配进来的。那个时候，他很红，我们这些科班出身的人，说起他，总是很鄙夷，始终认为他还是个外来工。他在报社一直比较得意，是最早开车上班的那批人,但就是他后来当了编委,我们对他外来工的鄙夷也没有半点减弱,反而加深了。他当了多年编委,一直当不上副总编,原先看好他的那些人都退了,新上来的都是科班出身的,用的也是有身份认同的人。他心里也憋气,分管的广告部吧,也是一年不如一年。"

美编林萍说:"黄总这个人其实蛮好的,他知道我们都认为他就是个外来工,他也经常自嘲是外来工,外来工咋了,人家一样当我们领导。"林萍指点着李民,"以后不要再说外来工这样的话了,人都不在了。那时候,他每天接送他女儿上学放学,经常让他女儿坐在他的脖子上,我就感觉很温馨。香港回归后,深圳这边去那边也方便了,你看现在,有深圳户口的随时都能去。听说,他女儿找到了她在香港的亲生父亲,去香港读书,后来又去了加拿大。从那个时候,他就像变了一个人,很少说话,也很少看见他笑的时候。大家都不敢和他谈他女儿。有一次,我们主任忽然问起他女儿,说:怎么很久不见你女儿了?黄总的脸色一下子就变得很难看,说话的音调也高了几度,他有些茫然地挥挥手,'不要说我女儿嘛,说她干什么?和你有什么关系嘛。'弄得我们主任差点下不来台。"

王立明呆呆地听着,他这时才发觉自己完全陷进黄江的日记里去了,日记记的都是他可以给人说的事情,他的不为人知的内心,他一个字都没有写。接到这个任务时,有那么一刻，王立明也意识到是已经调到集团的领导暗中帮了他，要不然，这个任务怎么会轮到他这个新手？他一直害怕和领导打交道，就是在这个关键时刻，他也没有去找领导，领导说不定也认为他不需要帮助，才落得这个结果。失望和懊恼的情绪漫上心头，就是领导交代的或许是最后一根救命稻草的任务，他也没有完成，他感觉自己完全是个白痴，工作了几年，一点长进也没有。

从马菲菲的奶茶店出来，大伙各自散了，王立明喊周山去他家吃饭，周山执意不去，王立明就将身上仅有的一千块钱拿给他，周山坚决不要，"你也不会比我好多少，心意我领了。"王立明说他毕竟有妈妈，怎么也不会饿肚子，周山就拿了一张，摸摸王立明的头，"回去吧，多陪陪你妈妈，都快三十了，还要妈妈养活，我们也是生不逢时。回去吧，她在这里谁也不认识，一个人在家也寂寞。"

王立明站在那里，看着周山一步步地消失在街头，他忽然想大喊一声，可是周围人来人往的，他只能在心里骂一句："老子不会就这样趴下的，一定会活得像个人，男人。"

太阳出来了，湿热的空气让人更加烦躁。为了不让妈妈起疑，他决定到书城去看书。去往地铁站的路上，他忽然想起没有带"深圳通"，就去路边的书报亭买报纸换零钱。

"怎么没有深圳本地的报纸啊?"他左右找了一圈,书报亭里除了几份过期的杂志和旧报纸外,摆的全是矿泉水、烟和杂货。

"连《南方都市报》都没人看了,谁还看深圳的报纸?以前,我每天至少能卖出去二百份《南方都市报》,后来就一天一份也卖不出去了,干脆不拿了,拿了卖不出去,也退不回去,还要自己出钱。"报摊主无奈地看着他,他只好买了一瓶矿泉水换了零钱。

在深圳书城逛了一圈,这家他不知来过多少次的宏大书城,却没有一本他想买的书,一眼望不到头的书架上,不是摆的不知道重印了多少次的世界名著,就是大路货,他坐进一个角落,随手拿了本书摊开来,却一个字也读不进去。

他就那样坐着,做出一副读书的样子,直到肚子饿了,时间也差不多了,才站起来,去肯德基买了一份香辣鸡腿堡的套餐,坐在外面的台阶上吃完了,然后穿过莲花山公园回家了。

四

王立明租的是城中村的民房,刚来深圳时,他和几个同事合租了一套小区房,一套三室两厅的旧房子,每月八千块，三个人分摊。后来和周山认识后，他就搬到了城中村的民房，报社很多年轻人都住在这样的城中村里，周围环境嘈杂，卫生条件堪忧，但毕竟有一个自己的独立空间，还是要比和别人合租好。

城中村夹在几个大型社区和繁华马路中间，成了来深圳打拼的年轻人和淘金者的栖息地。走进城中村，这里完全是另一个天地，两条十字交叉的主干道两边，开满了各种风味餐馆、小商场、药店，主干道周围的小巷里，又是一个新天地，修电脑的、改裤脚的、泡脚的、烟酒批发的应有尽有。每当夜幕降临，在外打拼的人回来，城中村灯火辉煌，操着天南地北口音的人汇聚起来的时候，这里就是深圳人气最旺的地方。

巷道里行人匆匆，连狗都是神气活现的，狗们在巷道里跑前跑后，像是人在四处找工作、讨生活。王立明站在一边，给狗让道，他忍不住笑了，狗又不是领导，它们永远不会孤单、绝望。

回到家里，妈妈正和隔壁的一个女孩子坐在客厅里聊天，她和其他几个女孩都是去年刚刚大学毕业，在附近新开的一家购物中心工作，一套两室一厅的房子，住了六个人，还和上大学那样，住上下铺。

见王立明回来，女孩子站起身要走，王立明妈妈留女孩子吃饭，女孩子说晚上她们几个要出去吃饭，就匆匆走了。

"你看你一回来,人家女孩子就吓跑了。这个女孩子怎么样?四川大学毕业的,刚刚二十二岁,是成都边上一个什么县里的人,你看我这记性,刚刚说了我就记不清了。她还没有谈过男朋友,多好的女孩子啊,长得也漂亮。依我看,比你那个刘丹好多了,年龄比你大不说,性格一点都不开朗。"王立明没有回应妈妈的话,他知道妈妈心里一直过不去他的女朋友刘丹比他大几岁这个坎,这也是她当初支持他辞了西安的工作来深圳的主要原因,他不想在这个问题上和妈妈纠缠,就借故去洗澡,想岔开这个话题。

"噢,对了,你先别急着去洗澡,妈妈还有话给你说。今天中午,你李姨给我发微信,她家佳佳那家报社关门了。你说,京城里的那么大一家报社,怎么说关门就关门了呢?多好的一份报纸啊,比你们的报纸可是好看多了。你李姨还转发给我一个微信,叫什么'消失的报纸名单,一场声势浩大的集体告别',看得我是心惊肉跳的,我一会儿发给你看看,你李姨说让你提早做好准备,早做打算。"

妈妈说的李姨就住王立明家对门,佳佳比他大几岁,从小就是学霸,他小学毕业那年,佳佳考上了人民大学,去了北京,又在北大读的研究生,毕业后去了京城的一家报社当编辑,佳佳一直是他们小区孩子的榜样。这下可好,报社关门了,偶像失业了,以后大家教育孩子的时候,再也不好拿佳佳当偶像了。

王立明说:"这种微信在我们的朋友圈里隔三岔五就会出现,无非就是狐死兔泣而已。我只是没有想到李姨家的佳佳也在那家报社里,她那么聪明,又是北大的研究生,不会为生计发愁的。"

"我也给你李姨这么说,你李姨都担心死了,佳佳刚刚生完孩子,他们在北京还要供房,再说了,在北京找个好点的工作,那得多难啊!她爸又不是部长。"说到这里,母子俩会心地笑了,佳佳的爸爸也是部长,不过,是他们那个区的武装部部长,已经退下来多年了,大家都喜欢这么叫,他也乐意大家这么称呼他,有时在一起看电视什么的,出来一个中央的部长,大家就说:"你们都是部长,是平级的。"他就哈哈大笑,很是满足。

王立明试探着说:"妈,要是我们报社也关门了,或者我被炒掉了,那我们就回西安吧,这里的气候实在不好,我都快受不了了。"

王立明妈妈坐过来一点,说:"在深圳三年,妈也想开了,这里好是好,就是太热了,啥东西都贵得离谱。我的心脏不好,在这里很遭罪。你这个工作,养活自己都难,就是刘丹愿意过来,你也养不活她。妈以后不逼你了,你想读博士就去读吧,只要你能考上。妈一个月的退休金有七千多,省一点,够我们花的了。"

"我不读博士了,回西安随便找个工作,慢慢往前走吧,我都快三十了,还让妈妈养活,我的脸往哪里搁?"

王立明差点说出他已经被报社裁掉的事实,但他还是忍住了。

"有几次我差点给你爸说出我们在深圳,他每次打电话来问起你,我都说你还在西安那家出版社呢,后来他竟然打电话去出版社找你,人家说你早都走了,我就说人家是骗他的,是你不愿意见他。在深圳日子也不短了,要不你就去见见他吧,不管咋样,他毕竟是你爸爸啊。"

"见他干什么,没有他,我们一样活得好好的。"

"你爸做记者那会儿,记者还是什么无冕之王。那时在西安,穷是穷点儿,可是记者的社会地位还是很高的,也很受人尊重。他来了深圳,改了行,去了机关,他那个性格也不受人待见,都快退休的人了,还是副处级。可是,每次说起你吧,他还是很开心的,他现在的媳妇给他生了个女儿,他就你这么一个儿子。他是农村考大学出来的,传统观念很强,你是他们老王家传承烟火的儿子嘛,还是找个时间见见吧,这样,就是我哪天不在了,心里也会踏实的。"

王立明拉着妈妈的胳膊,"我是你儿子,跟他有什么关系,不见他,就是不见,见了他我怕控制不住自己,会揍他一顿。我们这代人都是独生子女,那么多人家就一个女儿的，谁还管什么传承烟火什么的，那是旧观念。"

王立明妈妈笑着敲了敲儿子的头，说："你又不是不知道，佳佳的爸爸一喝酒就说：老汉没儿白毕了，就是说从他这里就绝户了，女儿以后毕竟是别人家的人，生了娃也跟别人家姓，能和儿子比吗？还瞎说什么只是我的儿子，没有你爸，能有你吗？"

两个人都笑了。王立明看妈妈心情好，就想把他失业的事乘机说出来，还没等他开口，妈妈说："我以前支持你来深圳，也是为了找机会让你和你爸和好，要不，我在西安过得好好的，我跑这热死人的地方来干啥？这里是年轻人的天地。不要再记恨你爸了，他很早就在明德门小区给你买了套房子，让你结婚用。我一直没给你说，那套房子也租给别人了，当时买的时候才二十多万，现在一百万都买不下了，你要是在深圳实在干不下去了，我们就回去，我们家那套房子租给别人要明年年底才到期，你爸给你买的这套，年底就到期了，到时候装修一下，你和刘丹就把婚事办了吧，她可是老姑娘了。"

"要办也是在我们自己家里办，干吗要在他家办，以后我要有了儿子，我让他姓刘，气死他。"

两个人都不再说话，默默地坐在沙发上发呆。过了一会儿，妈妈说："你去洗澡吧，洗个澡脑子会清醒些，免得你在这里胡说八道。我去给你下麻食，今天没有买鸡，没有鸡汤煨,就用我做的臊子吧,味道会稍微差一点。"

王立明看着妈妈面无表情地去厨房给他做饭,他想他的话可能真的让妈妈生气了。以前妈妈和他说起爸爸,他就是用王八蛋来说他,妈妈也就做出要打他的样子,然后哈哈大笑一会儿就过去了,谁让他姓王,又扔下他们母子自己跑了呢,王八蛋这个词就是为他造的。

嘴硬心软的性格让王立明处处碰壁,本来报社这次裁员,他是有机会留下来的,他导师的同学已经是集团的副总编了,当初进这家子报就是她的关系。那时他逢年过节的时候,还会和妈妈去她家走动一下,后来她当了集团的领导,他就没勇气再去拜访了。有次在大院里碰到,副总编说你怎么再也不来找我了,有事情就来找我,我们还是校友嘛,他就含含糊糊地说了几句无关痛痒的话。在为人处世上,连他妈妈都说:"这一点,你可是比你爸差远了。你别看他平时牛皮哄哄、谁也不放在眼里的样子,遇到对他有用的人,他会像狗看到了骨头那样,死盯着不放。"他学不来那一套,不能像狗一样死盯着一块骨头,就只能像狗一样跑前跑后地觅食。

"要知道今天吃麻食,我就把周山喊来了,他最喜欢妈妈做的烩麻食了。"王立明想缓和一下气氛,就走过去和妈妈说话。

"那你就给周山打电话吧,深圳这地方人情比较淡薄,你们都是从陕西过来的，彼此也能有个照应，他是个好孩子，你和他相处我也放心。我做了很多呢，够你们吃的。"妈妈没有抬头，王立明扶住妈妈的肩膀，他发现妈妈流泪了，这让他一时手足无措。

"去给周山打电话吧，他是个可怜的孩子，挣那么点钱，每个月还要往家里寄钱还债，我看他穿的鞋子跟都快掉了，你们两个鞋号差不多，我几次想把你的鞋子给他一双，又怕伤了他的自尊心。以后你就多喊他来家里吃饭吧，多一双筷子也吃不穷咱。"

王立明太了解周山了，他是个非常要强的人，也很好面子，今天上午自己拿钱给他，已经伤了他的自尊，这时候再打电话叫他来吃饭，他是无论如何都不会来的。他们都是从西安过来的，以前并不认识，在报社的时候，在厕所里抽烟，闲聊起来，两个来自同一个省份，又在同一个城市读书的人就自然而然地亲近起来。他们不是同一所大学毕业的，周山是西北大学的研究生，两所学校有很深的渊源，两个人就经常戏谑地以校友师兄相称，经常在一起吃饭喝酒。

为了安慰妈妈，王立明说："他今天有饭局，你留一点麻食放冰箱里，我明天叫他来吃。"

见妈妈没有反应，王立明过去搂着妈妈，"以后不说那些气话了，好吗？再说了，我怎么会让我的孩子姓刘呢?姓刘多难听啊,跟流氓同音,那不是害我们孩子吗?"

王立明的话让妈妈笑出了眼泪,他拿来毛巾要给妈妈擦眼泪,妈妈挣脱了不让,"那你答应我,去见见你爸,这是我的心病,你不见他,我会死不瞑目的。"

"好好好,我明天就去见他,不就是见那个王八蛋吗,至于吗?"

"以后不准再那样称呼他,都喊习惯了,要是真的见面了,你喊他王八蛋,他那么要强的人,那你们还不打起来啊?那都是以前的气话,现在你长大了,懂事了,不能再那样叫他了,也会让人笑话你。"

母子间的不悦来得快也去得快,一切又都像什么都没有发生似的,锅里的麻食、肉臊子冒着诱人的香气,要是没有失业这档子烦心事,这是多么美好的夜晚啊。

"你爸的手机号我写在我笔记本的扉页上,就是王八蛋下面那个,那下面就一个手机号。"说完,她自己也哈哈大笑起来,"我可以这么喊他,你不能。好了,这事就算过去了,收拾一下桌子,吃饭吧。"

五

四年前,研究生毕业后,靠着导师的推荐,王立明去了西安的一家出版社工作,这是一家小出版社,主要靠出一点教辅材料维持生计。总编辑是他导师的师弟，也挺照顾他，让他帮着编了两本散文集，在责任编辑一栏也打上了他的名字。他们编辑室五个人，主任是一个快退休的老太太，副主任也是一个大妈，听说她老公是一所大学的院长，还有两个比他早来一年的女编辑，都是研究生毕业，她们家境比较殷实，用她们自己的话说，做这个每月两千块工资的工作，只是证明她们不是无业游民而已，出版社再小，也是个文化单位，是个正经单位，不会让父母太没有面子。

女编辑可以这样想，这样活，王立明可不行，他没有她们那样富裕的家境。他从小在单亲家庭长大，和妈妈相依为命。妈妈是中学语文教师，今年刚刚退休，为了给他攒钱娶媳妇，妈妈和几个退休的教师一起在小区里租了套房办了一个教辅班。他是家里唯一的男人，他得撑起这个家。他研究生读的是发展与教育心理学，毕业时，他打印了几十份简历投往西安的各个大学，他想当大学教师，没有收到一份回应。他就请自己的导师喝酒，谈了想当大学老师的想法。导师说："比较现实的想法是去试试辅导员这个位置，然后再读博士，就是辅导员也有太多人在争，每年毕业那么多人，研究生是进入社会的最低门槛了。"王立明不再说话，默默地喝酒。导师说："教了你两年半，你可是第一次请我喝酒啊。你为人忠厚，读书也比较用功，像你这样家境清贫，没有门路的学生要想找个好单位也难，我们师生一场也算有情分，这样吧，我找一下我的师弟，你去他们出版社吧。现在整个文化单位都不景气，出版社的日子也不好过，待遇不高，但也算是个正儿八经的出版社，总比待在家里强。一个好的平台，对你以后的发展有好处。报业的日子也不好，要是以前，介绍你去晚报啊陕报什么的，都是可以的，那边有很多我们学校毕业的都是领导了。可是现在，都没人看书看报了，街上的书报亭都很少了，手里一部手机就啥都知道了，谁还读书看报？"

第一天上班，妈妈让他穿正装，要给同事留下好印象，王立明就特意收拾了一下自己，穿着西服打着领带兴冲冲地去报到。到了单位，他才发现自己的打扮很另类，大热天的，别人都穿短裤，甚至有穿拖鞋的。他连忙躲进厕所解下领带，把头发也有意地弄得乱一些，这样才和凌乱、随意的办公环境匹配。整整一天，没人和他说话，总编辑让他的部门主任给他安排了一个座位后就没有再出现，部门主任说你先熟悉一下工作环境，看看我们新出版的书。他坐在办公桌上翻看社里新出的书，熬过了最初的一天。

在出版社熬了大半年，王立明每个月就两千多块钱的干工资，和女朋友吃吃饭，看几场电影就没有了，想买件像样的衣服还要问妈妈要钱。慢慢地他对工作失去了热情，迟到早退的现象也多了起来，先是大妈副主任给他敲边鼓：

这样下去你是很难在这里待下去的,不要看我们这里待遇低,想进来的人也是排长队的。

不久,总编辑把他叫过去,先是安抚了一下,然后说:"给你两个选择:一是尽快提高业绩,让别人没有话说,二呢,要是有更好的地方,可以考虑一下,人挪活树挪死嘛。我也体谅你们的难处,工作大半年了,应该没有往家里拿过钱吧?"王立明有些感动地点点头,总编辑递给他一支烟,这种烟他工作一天也买不了一包,"刚工作大家都难,我们都是这么过来的。我和你的导师大学时睡上下铺,他介绍你来我这里,我就要对你负责任,大家都知道你是我招进来的,你的业绩上不去,我也没法说话。西安就这么点市场,想出书的人,都奔人民社和师大社去了,人家名头响。在西安,你就是能找到新的单位,也不会比我们这里好多少,大多数人就拿三四千的工资,你考虑一下,要是你愿意,我介绍你去深圳的报社吧,出去闯一下,那边大环境还是不错的。"王立明激动得有些说不出话来,他站起来给总编辑鞠了一躬,总编辑示意他坐下,然后说:"到了深圳眼光要放远一些,要多接触人,各式各样的人,很多机会都是在和人的交往中得来的,报社的工作会给你提供与各种人打交道的机会,你要是把它做个跳板,找到适合你的位置,那我就没有白费力气介绍你过去,要是你把报社的工作当成你的终极目标,那我所有的努力都会白费的，你的结局也不会比在我这里更好。"

见王立明有些纳闷，总编辑说："传媒业的寒冬已经来了，你看我们西安的《华商报》，以前每年十几亿的广告，现在呢？连维持都困难。深圳的报社也不会好到哪里去，以前我介绍过我们这里的人过去，他们现在都在政府机关或者企业里混得很好，在这里的时候，都和你一样，没有业绩。"总编辑从他的抽屉里翻出来一张名片递给王立明，"她是我研究生时候的同学，同一个导师，这次来西安参加全国书市，我把你的情况给她说了，她已经答应了，你准备一下，去深圳闯荡吧。"王立明收好名片，又要给总编辑鞠躬，总编辑挥挥手，说："去了好好干，我不要求你什么，以后我去深圳，你能请我吃一顿像样的饭就行了，说明你混得也还可以。"

从总编辑办公室出来，王立明去厕所洗了把脸，他还没有从这突如其来的变故中理出头绪，他没有回办公室，单位刚刚发了这个月的工资，他的档案也在人才市场放着，办公室里的电脑和其他办公用品也都是单位的，属于他自己的就是已经用了大半年而且积满茶垢的水杯。

下楼时，王立明意外地碰到了他的大妈副主任。和他一起走出大院，大妈副主任把他叫到一边，说："总编辑和你谈了吧？"王立明点点头，"我今天就走了，以后你要是去深圳出差啥的，我请你吃饭。"

"他给你介绍的单位吧？以前走的几个人，他都给介绍了单位。走了也好，趁着年轻出去闯闯。以后有机会去深圳，就去看你啊。"大妈副主任拍拍王立明的胳膊，悄声说："他不想要谁了，就会给谁介绍新单位，让人心怀感激地离开，大家私底下都叫他玉面菩萨，不过，总是比那些直接让你走人，不管你死活的领导好。"

王立明弄不清楚大妈副主任的意图，就一直微笑着，没有说话。两个人站在马路边聊了一会儿，大妈副主任见他不怎么说话，就和他握握手离开了。

回到家，王立明拿出总编辑给的名片，给深圳那边报社的副总打了个电话，确认了这件事以后，他才给妈妈说了事情的原委，妈妈倒是很支持他去深圳闯一下，"深圳是特区，怎么也比西安好，你先过去，在那边安顿好了，我把这学期的课上完了，就去深圳给你做饭。要是遇到什么难处了，就去找你爸爸，他去得早，路子宽一些。"

妈妈一说，王立明才想起他爸也在深圳，当初，他爸就是去了深圳，才抛弃了他们母子，现在，他担心的不是这些，他担心的是他怎么给女朋友刘丹说，她是很容易炸的脾气，从来不留情面。

"刘丹知道你要去深圳吗？她会支持你去吗？"妈妈已经开始给他收拾东西了，"深圳那地方天气热，你就带几条床单，两条毛巾被，再把这床丝绵被带上就行了，需要什么了到了深圳再买。"

王立明在房间里来回走动,他想不出该怎么和刘丹说,"要不,到了深圳,我再打电话给她,当着她的面,我真的说不出口。"

"有啥不好说的,你是去深圳,又不是去西藏。她要是不支持,这事就算了,反正妈也不满意你们两个在一起。把你的身份证给妈,我去给你订车票,就坐高铁去,高铁一天就到了。妈还要去取点钱,深圳那种地方,不带足钱可不行。"

六

为了最后再碰碰运气,王立明带着简历和一大沓的作品挨个去深圳的报刊社推荐自己,得到的答复都是一样的:我们都发愁怎么解雇下面的人,这个时候哪里还会进人啊。在公园、书城待了大半个月的王立明彻底死心了,他打电话给女朋友刘丹,说他准备回西安了,他家的房子租出去了,要明年才到期,让刘丹闲暇去看看,帮他租一套房子。刘丹听说他要回去,很是高兴,"租什么房子啊,你回来和你妈先住我这里,我回家住。"刘丹父母的单位都分了房子,她现在住的是她妈妈单位分的房子,她妈妈是武警医院的医生。

最后，就剩下和妈妈摊牌了，他决定打出女朋友刘丹这张牌。去年过年时，刘丹来深圳看他们，这是刘丹唯一的一次来深圳，和他妈妈相处得还算融洽。她出身干部家庭，在深圳，他原本给刘丹订好了宾馆，刘丹坚持和他们挤在狭小的城中村小屋里，和他妈挤在一张小床上过了年，这让他妈妈很是感动，除了年纪比他大几岁，刘丹哪方面配他都是绰绰有余的。

王立明去超市买了菜，也买了几罐啤酒回家，帮着妈妈做好饭。吃饭时，他向妈妈道出了失业的实情，也说了他让刘丹帮忙租房子的事，妈妈很平静地说："既然你已经决定要回去了，那我们就回去吧。人家姑娘等了你这么多年，回去和她好好过日子吧。你吃完饭去订车票，订三天以后的票吧，走之前，你见见你爸爸，这一走，说不定啥时候才能见呢。不管怎么说，他都是你爸。"

王立明指指手机，"现在订票手机上就可以了，我一会儿就订票。我答应你，见见他，了却你的心愿。"

见王立明爽快地答应了见他爸爸，妈妈很是高兴，"今天高兴，让我也喝一点酒。"王立明从来没有见过妈妈喝酒，再说妈妈有心脏病，是不能喝酒的，他坚决不让妈妈喝酒，妈妈抢过他的杯子，"妈妈的身体自己知道，一时半会儿死不了。要走了，一会儿去和你的朋友说一声，道个别，不要悄无声息地就走了，同事一场也是个缘分。还有那个周山，前天在商场，我看见鞋子打折，就给他买了一双鞋，你顺便带给他，让他好好的。"

吃完饭，王立明帮妈妈收拾了碗筷，就去看回去的车票，春运已经过去，回去的高铁票每天都很充足，他就订了两张第四天的票。订好票，他站起来环顾了一下房间，没有什么值得打包邮寄的东西，这几年，除了生活必需品，他们也没有买什么东西，至于房子，他就以不接受涨价为由退掉就是。

妈妈收拾完厨房，从床底下拿出给周山的鞋子，是一双帆布的阿迪达斯休闲运动鞋，他也有一双这样的鞋子，也是打折的时候买的，不到五百块钱，看来，妈妈是真心喜欢周山，"周山知道是你送他鞋子，他一定高兴死了，你就认他做干儿子吧。"王立明揽住妈妈的肩膀，妈妈笑着说："一双鞋就想换个干儿子啊，你想得美。男人啊，没双好鞋穷半截，他那双鞋子，不知道穿了多久，好像我刚来的时候他就穿的那双鞋，一直没见他换过。去吧，去和他们道个别，要走了，事还不少呢，不要都挤在一块，到时候落下什么了。"

王立明拎着妈妈给周山买的鞋子，兴冲冲地出了门。要回家了，他心情特别舒畅，这大半个月的不快也随风吹散，再也不用像特务一样藏着掖着了，还能有比光明正大地活着更开心的事吗？没有。

他给周山打了电话，问他在哪里，周山说和林萍在租好的场地，王立明就说他要过去看看。林萍租的场地就在马菲菲奶茶店前面的小区，他过去时，周山和李民他们几个在那里张望，王立明忽然发现，这不是以前的部门主任开发廊的地方吗，他还带妈妈来剪过头发。

王立明将鞋子递给周山，"我妈妈买的，给你的。"

周山接过鞋子，打开来看了看，"我的亲娘啊，还是阿迪达斯的，我要换上，这几天正寻思要买双鞋子呢，昨天下雨，我这双破鞋进水了，到现在还湿乎乎的呢。"

大家就笑着，看着周山脱掉他那双古董级别的鞋子，穿上王立明妈妈送的新鞋子。穿好鞋，周山将他的旧鞋子扔进马路边的垃圾桶，"阿姨怎么想起来送我鞋子啊？这不过年不过节的。"

"我妈喜欢你嘛，怎么样，做她的干儿子吧。"

大伙就起哄，周山说："这个干妈我认定了，以后去吃她做的面也是名正言顺了。"

"想吃我妈做的面，以后你得回西安吃了，我们已经订了回去的车票，就这几天的事。"

大家惊愕地看着王立明，王立明说："想了大半个月，终于想通了，这个决心不好下啊，还是有点舍不得你们啊。"

林萍去锁了门，走过来说："不要站在这里说了，走吧，我请大家喝酒，不醉不归。"

这时，王立明才想起问林萍："这地方不是我们那个主任开的发廊吗，他怎么不做了？"

"他挣了钱，又去大鹏那边的海边开客栈了。你们想吃点啥呢，木屋烧烤还是潮州牛肉火锅？"

李民说："王立明定吧，下次给我送行的时候，我再定。"

大伙就将目光转向王立明，王立明摸摸头，"我刚刚吃完饭，不饿啊，还是找个地方坐会吧。"

林萍一挥手，指指前方，"木屋烧烤吧，这个时候，怎么能干坐着说话，必须得有酒啊。"

大家就相拥着往木屋烧烤而去，路过马菲菲的奶茶店时，林萍又喊了马菲菲一起，王立明有些过意不去，"人家马老板还要做生意呢。"

马菲菲大手一挥，"今天就是能卖出一套房子来，老娘也不要了，我们兄弟姐妹的情谊比赚钱重要。"她吩咐了店里的伙计一声，跟着大伙就走。

刚刚过了饭点，木屋烧烤里一个客人也没有，他们刚一坐下，林萍就喊："每人一杯扎啤，要大杯的。"

周山说："姐姐啊，这是要往死里喝的派头啊。"

"放心喝，姐还没听说过啤酒能喝死人的。在我们新疆，冬天倒是经常有人喝醉了，冻死在路边的。"

啤酒上来了，冒着丝丝的凉气，大伙一起猛喝了一大口，纷纷吐着舌头喊冰，真的冰，肚子都要结冰的感觉，一会儿又开始发热，就像深圳三月的天气。

李民过去点了几个菜，都是些韭菜、土豆片、茄子什么的小菜，林萍叫来店里的服务员，"上两盘生蚝、羊肉串、牛板筋，让大伙吃好，喝好。"

周山说："都是单身的，吃了生蚝，晚上还睡得着吗？"

大伙又是一通哄笑，林萍说："这周山平时看着挺老实的，一喝酒就原形毕露了，也是蔫坏蔫坏的啊。"

"平时都端着藏着，喝酒了，开心了，就端不住，藏不着了，看姐姐这么爽朗，我也就原形毕露一回吧。"说完，周山诡秘地笑了。

"爽朗？我这是西北豪情。喜欢吗？要是喜欢，来我家倒插门怎么样？"

李民说："你这是老牛吃嫩草。"

马菲菲笑得差点被啤酒呛着，林萍摸摸自己的脸，"我老吗？老娘也就五十出头，打扮打扮还是能骗骗小年轻的吧。我的青春都献给了报社，临老了，还被一脚踢开了，我得找个小年轻补偿才行。"

大伙已经笑得没有力气了，周山举起酒杯，说："随时等着你的召唤。我们先干一杯，给立明送行。"

一大杯扎啤很快就见底了，林萍挥手让服务员满上，"不开玩笑了，再笑我的肚子就炸了。在报社十几年，从最初风光的时候每年十几亿的广告收入,到现在靠财政拨款维持,报社来来去去的有多少人,估计都很难统计了。我们这些人,以后不管走到哪里,干什么,都不要断了联系,要让大家知道,你活着,还活得挺好,要让大家放心。"

又一大杯啤酒见底了,林萍吩咐服务员满上,马菲菲说:"林姐,我们喝慢一点吧,这样喝,一会儿都倒下了。"

"才喝两杯,你就想倒下啊,还早呢。喝完这一杯,大家就随意,先吃点东西再继续。"

李民已经喝趴下了,林萍小声说:"让他睡会,他老婆跟别人跑了,心里不痛快。"

大伙便不再说话,默默地喝酒,王立明说:"我结婚的时候,邀请你们去西安玩,让你们吃好、喝好、玩好。"

林萍喝得舌头也大了,"你结婚我们去玩什么?你都等不及入洞房了,哪有时间陪我们啊。不过,份子钱我们会微信你的。要玩,也得在你婚前或者婚后去。"

第三杯酒下去,桌上就剩下王立明和周山还坐着,他们两个相视一笑,王立明问:"你打算跟着林姐了吗?"

"没有啊,她还没起步,就没事的时候帮着干点小活。我下周就去新东方给孩子们上课,教英语,刚刚接到的通知,收入应该不错,就是课时比较多,怎么都比做媒体强。"

两人相拥着喝酒,林萍在桌子上趴了一会儿,又起来吩咐服务员上酒，怎么也劝不住，大家就这样喝一会儿，趴一会儿，直喝到夕阳西下，满街灯火。

王立明一摇三晃地回到家，敲了半天门，没有回应，他想妈妈可能是去楼下散步了，费了半天劲才打开房门，开了灯，他发现妈妈就躺在客厅的沙发上，他吓了一跳，酒也醒了半分，忙跑过去，蹲在妈妈跟前，妈妈嘴唇已经发紫，他想起来去找药，妈妈却死死地抓住他的胳膊，一字一顿地说："医生早就给我判了死刑，能坚持到今天，就是有块心病未了，你一定要去找你爸爸啊，他是你唯一的亲人了，你一定要去找他。"

此时，妈妈气息奄奄，双手僵直，王立明费劲地抽出自己的手，抹去妈妈眼角的最后一滴泪花，他答应了妈妈的要求。

打完120，王立明又给周山打了电话，周山就住在后面的巷子里，他跌跌撞撞地跑了过来，路上摔了一跤，膝盖都摔破了。他跑过去，跪在地上，喊了几声姨，没有任何反应，两个人就跪在地上，抱着头痛哭。

120来了，他们用担架将王立明的妈妈抬上救护车，一路开到了北大医院。王立明和周山在急救室外焦急地走来走去，不一会儿，医生出来，问他们谁是病人家属，王立明过去，医生告诉他，病人已经心力衰竭，没有救了，让王立明跟他去办理遗体保存手续和开具死亡通知书。见王立明迟疑，医生说："没有这些医院不能给你开死亡证明书和火化证明，你妈妈是不是退休职工？"王立明点点头，"她是退休教师。"

"那就跟我来吧，后面很多的事都需要死亡证明书才能办。"

妈妈被推进了太平间，一个护士拿过来一张缴费单，让他去缴费，王立明身上没有带多少钱，就刷了信用卡缴费。

这一夜，两个人坐在医院走廊的椅子上，谁也没有睡意，就这样坐了一夜。

早上，两个人去医院的卫生间洗了脸，就穿过医院的北门，去隔壁的莲花北小区吃早餐，周山说："要不我给林萍打个电话吧，她妈妈去年就是在深圳去世的，她比较清楚怎么处理后事。"

王立明停住脚步，"这件事不要给他们说了，我妈妈凑巧是在我和他们一起喝酒的时候去世的，让他们知道，心里会不舒服，不要给他们增加心理负担了，大家已经够难的了。一会儿吃完早餐，你回去睡一觉，陪我熬一夜了。等医院上班了，我就去开好死亡证明书，再去租辆车，把妈妈带回西安火化，我不想把她一个人留在这里。"

周山抓着王立明的胳膊，"你疯了吗？带回西安去，几千里路呢，哪个司机会给你拉？人死了，灵魂和肉体就会分离，她的灵魂会跟着你回家的。就在深圳火化，你带着骨灰回去，很多人都是这样的。还有，回到出租屋，不要给别人说你妈妈去世的事，要是别人问起，就说转院了，转去广州了或者送回西安了，要是房东知道你妈妈是在他家去世的，麻烦就大了，他会刁难你，押金啥的就别想了。"

王立明沉默了一会儿，说："实在不行，我就去找妈妈的男人，找那个王八蛋。"

"你妈妈的男人，那不是你爹吗？他也在深圳？"周山疑惑地看着王立明。

"是我妈妈的男人，早不是我爹了。他当年抛下我和妈妈来深圳的时候，就不是了。"

"他就是市长，也没办法帮你把你妈妈的遗体送回西安去，肯定也是在深圳火化，长途运送尸体，你知道需要多少手续吗？清醒一点吧，兄弟，事情已经这样了，不要太为难自己了。"

吃过早餐，王立明去医院办好了妈妈的死亡证明书，他问医院的工作人员怎样将妈妈的遗体运回西安火化，工作人员告诉他原则上是死者遗体要尽快就地处理，要是真想将遗体运送回去，需要向市里的殡葬管理部门提出申请，他们同意了出具证明后才可以找殡仪馆的专用车辆运送。工作人员很耐心地给他解释，把尸体运送回去的可能性不大，就是上面批了，运送费用也会很高，以前很多人都来了解过，最后还是在深圳火化了，带骨灰回去要现实得多。王立明也没有更好的办法。周山在一边站着，眼巴巴地看着，没有说话，他也不知道该说什么。

最后，王立明还是办了火化手续，他明白凭他的能力，这是唯一的也是最后的选择。

回到城中村的小屋，王立明也没有睡意，他将妈妈的衣物收拢好了，叠整齐了放进她的箱子里。妈妈的箱子里有一个特别的小包，妈妈生前经常给他说，那里装着他们家全部的家当。他打开小包，里面有两本存折，两本红本的房产证，妈妈的退休证、保险卡，还有两张银行卡，他家所有的银行卡密码都是他的生日。他打开存折，很是惊讶，两本存折上的金额相加，竟然有二十多万。妈妈是中学高级教师，上班时一个月也就八千多块工资，退休后也差不多这个数。妈妈曾经给他说起过，他爸每月都会打生活费过来，这些钱应该有很大一部分是他打过来的。她一直省吃俭用，很少在她自己身上花钱，就这样把自己的身体弄垮了。

他将装着他家全部家当的小包拿出来，把箱子翻了一遍，在箱子的夹层里，有妈妈刚取出来的这个月的退休金，那是准备缴房租的。在夹层里，他还发现了一张照片，那是他爸爸没来深圳之前，他们一家去西安的兴庆公园游玩时拍的，那时，他刚刚上小学。他将照片和现金放进小包，将装满妈妈衣物的箱子推到床底下去，就让它永远地留在这里吧。

收拾完自己的衣物，他给房东打了电话，他第一次撒了谎，按着周山给他说的，就说他妈妈忽然生病了，已经回西安了，他也要回去照顾妈妈，房子不租了，房东很是痛快地说，他下午就把押金送过来，顺便拿钥匙收房。

王立明在网上的连锁酒店订好房，妈妈的车票他没有退，他要让妈妈的骨灰和他一起坐车回家。

要走了，他给黄江的爱人洪庆梅打了一个电话，想将黄江的日记还回去。洪庆梅说不用了，她留着这个也没有用，要是他也没什么用，扔掉就是了。王立明将黄江留下的四个日记本，用报纸包好了，也放在了沙发下面，他的日记，他已经烂熟于心，用不着再看。

餐桌上妈妈昨晚做的饭菜还在那里，他把饭菜和碗碟一起倒进塑料袋，把房间整理好，然后躺在妈妈走时躺着的沙发上，等待房东的到来。

七

从深圳回来两天后，王立明就上班了。妈妈的墓地和他的工作，都是她那个当民政局局长的同学帮的忙。民政局局长和他父亲是一个地方考出来的,一直很亲密。父亲去深圳后,妈妈和他们同学的来往也不多,就是这个人,经常照顾他们母子,两家走得比较近。

从墓地回来的路上,民政局局长问他:"接下来你有什么打算?"王立明说:"我想读博,就在家里好好准备一下。"民政局局长看了看王立明的女朋友刘丹,刘丹拉着王立明的胳膊,将头埋在王立明怀里,说:"我支持他读博,我可以上班养他。"民政局局长笑了笑,没有说话。王立明沉默了一会儿,试探着说:"要不我跟着你吧,干什么都行。"民政局局长眼睛看着车窗外,停顿了片刻,说:"倒是有一个工作,你随时可以上班,不知道你愿不愿意干?还有,我再次提醒一下你,你妈妈不在了,一定要和你爸爸搞好关系。上一代人的事情,已经过去了,和你也没关系,不要再活在这个阴影里。"王立明沉默了一会儿,说:"好吧。有个地方去就行,反正我是要读博的。""也好,有个事情做总比成天待在家里好。我那里你是没办法进来的,要进人都要经过省人事厅公开招聘考试,再说,你的年龄也没优势了。我一个朋友开了一家房屋中介服务公司,在西安有许多家店,你就去他那里试试吧,听说待遇还不错。"王立明有些失望,这样的工作还需要一个局长亲自介绍吗?不过四处碰壁之后,他也知道现在找一个好工作有多难,昨天他就看过一个帖子,八千研究生十几万本科生送外卖，大家都在等待机会，他也在等。

刚进四月，路旁、街心花园的花儿就竞相开了，灰头灰脸了一个冬天的城市，瞬间从寒冬进入了春天，一些青年人迫不及待地穿上了夏天的衣服，连空气中都微弱地飘荡着鲜花的气息。

离开三年，西安的高楼多了不少，交通却是一如既往地拥堵，摩托车和自行车拥挤在一起，一些心急的司机不停地按喇叭，送货和送外卖的在车流里随意穿梭，这才是王立明熟悉的西安街头的味道。

房屋中介公司租的是一个新建小区的临街铺面，看上去和以前报社的广告部差不多，里面的摆设也是大同小异，只是门口挂的牌子不同。民政局局长昨天晚上就给他说好了，他的朋友就给他安排在离刘丹家不远的这个店里。王立明进去，找到他要找的店长，报了自己的名字，店长一边给他倒水，一边说："做过记者的人，倒是挺适合做这个工作的，我们公司有很多从报社出来的员工，很多都做得不错，特别是做过记者的，人脉广，大多都买房买车了，都是骨干。我们秦总昨晚打电话关照过了，你今天就先熟悉一下工作流程，外面有空位的地方，你随便坐，电脑里有房源信息，你先了解了解。"

王立明找了个没人的台子坐下，店里的几个人都埋头干着自己的事，没人理他。他打开电脑，看了一会儿公司收集的房产资料，忽然感觉索然无味，就走出店门，站在马路边抽烟。这时，一个年纪和他差不多大的店员走出来，在他身旁站定，也摸出一支烟来点上，"早上一来就听说大老板派过来一个人，不仅是研究生，还做过深圳大报的记者。认识一下，我叫林东生，以前也做过记者，最窝囊的那种跑社会新闻的记者。我们店里以前有三个从报社出来的，那两个最近找到好地方，跳槽了，就剩下我了，你来了，我也有个说话的人了。"

"是大报下面的子报，小报记者，这不，混不下去了，又回来了。怎么走到哪里，都有从报社出来的人呢，到处都是我们的人啊，呵呵。"王立明苦涩地笑笑，两个人象征性地握握手，算是认识了。

"能在深圳找到工作，就很厉害了，我大学毕业后也去深圳、广州找过工作，没一家单位要，后来在深圳送了一年外卖。我父亲一个朋友在一家报社任经营副总，我父亲就在他们报上给企业做了两个宣传专版，这样，我就回来去了那家报社。在深圳送了一年外卖，我算是真正长大了，人啊，没有吃不了的苦，也没有享不了的福。我们这种工作，收入主要靠提成，不要看不起这个工作，刚开始都会有些失落，很快就适应了，你要是能抓住几个大单，就啥都有了。"林东生递给王立明一支烟，是那种细支的南京，看来他在这里混得不错，这种五十块一包的烟，不是一般业务员抽得起的。

王立明本想问问店里的情况，想了想还是忍住了，他妈妈以前总给他说做同事没朋友，因为彼此有竞争，不能够完全交心，以前在报社的时候，他没往心里去，和大家打得火热，现在来了一个靠业务吃饭的地方，他不能不有所收敛。

"你是这一行的前辈了，以后要多提携我啊，我对这一行是两眼一抹黑，啥都不懂。我们两个都做过记者，也算是缘分，中午我请你喝酒。"王立明递给林东生一支烟，上班第一天，女友刘丹特意从她父亲那里拿了两条软中华给他，王立明就带了两包在身上，平日，他就抽十块钱一包的烟。

林东生接过烟，翻来翻去地看了看，说："中午店里统一给大伙订盒饭，以后日子长呢，有的是时间喝酒。进去吧，出来时间长了，店长脸色会不好看的。"

中午吃饭时，去外面跑业务的几个人也回来了，一个盒饭吃完，大家便熟络起来。店里的人看起来都比较热忱、友善、容易接纳他人，就连一直一本正经地板着脸的店长，也不时地和大伙开开玩笑，骂几句脏话。她是个端庄的女人，衣着得体，气态不俗，她的表情、说话的语气，又时时透出她的不容挑战和霸气，让人很自然地产生不能和她亲近的想法。

王立明没怎么说话，大伙笑的时候他就跟着笑，大伙骂人的时候，他就沉默。店长忽然说："王立明，你下午去买辆电动车吧，以后要经常出去跑，没电动车可不行。"

王立明指指门口停放的共享单车，说："有共享单车就行了，比电动车方便。"

"随你吧，要是累坏了，可别说我没提醒你啊。"店长笑呵呵地看着他，她的美貌毕竟还是有些资本，有了这样的资本，她就是在心里看轻你，也是一件赏心悦目的事。他不想挑战她的提议，他把这看成是店里的赏识，而其他人的应声附和，让他明白这个世界还是有等级的，你要理解、接受这个社会，就要从接纳等级感开始，它能让你更好地理解生活、享受生活。

"好吧，我下午看完资料，就去买一辆电动车，这样上下班也方便。"店长拍拍王立明的肩膀，说："毕竟是当过记者、见过世面的，大伙多帮帮他，让他尽快熟悉工作，融入我们这个大家庭。"

林东生示意王立明出去抽支烟，两个人出来，沿着马路走了几步，站在路边抽烟，林东生说："店长是我们大老板的小姨子，她早上一上班就说，有个大领导介绍了一个做过记者的研究生来我们这里，让大伙对你客气一点。"王立明笑了笑，没有说话，他也不知道说什么，两个人站在马路边抽了两支烟，林东生说他下午要出去跑业务，就先离开了。

电脑里的房源信息，王立明也没看出啥名堂，硬撑到四点多钟，他进去给店长说想去买辆电动车，店长正在打电话，用手捂住话筒，说："去吧，路上注意安全。"出了店门，走上马路，王立明在心里自嘲地说："这他妈的才是生活，什么理想、读博都是诗意与远方，而眼下，吃饭才是天大的事。"

去了几个商场，左右看了看，王立明选了一款最便宜的电动车，他来不及上牌，先骑着电动车回家了。他回来就住在刘丹这里，刘丹没有回父母家住，和他住一起，但两个人是分开睡。他们拥抱、亲吻、相互温存，但每次他用手抚摸她的乳房时，她都会理智地把他的手从乳房上拿开。她双手捧着他的脸，温情地说："这个不行，等我们领了结婚证吧，亲爱的，要是结婚前我们就这样，你以后会不知道珍惜的。"他们就没完没了地亲吻，为了她柔软的嘴唇和坚挺的乳房，就是去送外卖他都乐意。

他打开冰箱，冰箱里满满当当的，他就给刘丹发了微信，告诉她自己已经回家了，让她下班了直接回家，不用去接他——刘丹平时都是自己开车上下班。发完微信，他躺在沙发上，折腾了一天，他真有些困了，刚刚躺下，电话响了，是周山的。

周山说他白天给林萍的美术班帮忙，晚上就在新东方给孩子教英语，林萍的美术班人气很旺，看来她这条路是走对了。马菲菲的奶茶店生意一直不错，她最近又在忙着开一家餐馆，都快钻钱眼里去了。老大哥李民的运气也不错，报社最后还是让他内退了，这么大年纪，不用再四处奔波去找饭吃。最后，周山吞吞吐吐地说："给你说件事，你要有个心理准备，我和林萍在一起了，我和她，都比较寂寞。"

王立明没有惊讶，这也许是他们两个人最好的归宿。挂了电话，王立明忽然想起还没有祝福他们，他就打开手机，放了一首张学友的《祝福》，然后站在阳台上，等刘丹回家。刘丹回来，他要告诉刘丹，明天就去领证，然后，他会拥着刘丹，对她说："以后开车，遇到骑电动车的，要记着避让，说不定骑电动车的人，正是你老公。"

（原载《作家》2024 年第 9 期　责任编辑：王禹琪）

我泄露了我们的秘密

楼道里死一样静，我躺在床上，刚刚经历的一幕就像上个世纪的事，已变得非常遥远了，而那个美丽姑娘，已植入我的记忆，让我终生心痛。

黑三的生日

来黑三这儿的，大多是单身贵族，都有很浓的没落色彩。他们中职称最高的是两个副教授，都三十好几了，翻译了几本书后破格晋升。讲师们都不知做什么才好，才有意义，时间比口袋富裕多了，没别的方式消磨它，麻将就派上了用场。黑三老婆出国两年了，在美国读博士，目前似乎没有回归他怀抱的先兆，当初借钱送老婆出国时的心情肯定要比牌桌上赢钱惬意多了。黑三一个人住着，这样的好去处讲师们找遍整个西安也难找到几处的。

西安就这么个地方，闹市被四堵墙一圈，人的心给压得实实的死死的，连个空也找不出来。讲师们都怕闹，边家村这边也闹起来了，有多少钱也有地方用。

黑三是这个夜晚的中心，他前前后后地奔走，我看着都累。这晚来的人，几乎都认识，常在黑三那儿聚会，有好多都是酒肉朋友，我们是气味相投。

我和乔云坐在角落里，把啤酒喝了个痛快。黑三见我俩坐着没动，真是急坏了，这晚他请了十几个女孩，男的来了就那么几个，跳舞时常有人冷场。今晚胆子大点，要跟谁跳就跟谁跳，要想找谁就找谁，黑三跑过来喊了好几遍，脸都气紫了。

有个女孩请我跳，让我很难堪。我对这种场合没半点兴趣，平时也不怎么学，就会转两圈。这个女孩比较熟，在黑三那儿常见面，又是校友，不怕跳不好委屈她。

乔云也站起来，请了一个女孩走进舞场，音乐骤雨般袭来，砸得人脑门生疼。我们在场上转了几个圈，黑三他们疯了似的，抱着女孩子的腰，恨不得拦腰勒断。我一时适应不了，像个随俗的怪物，曲子还没完，就拉着女孩子跑了出来。

"你们班的人按理都该会跳舞，你怎么不行？"她大惑不解，还举了班上几个人的名字，都是舞场老手。

我本来想说"萝卜青菜各有所爱"，话到嘴边又滑了下去，这样的话又能表白什么呢？她的眼睛瞪得大大的，等着我回答。黑三的学生都是学外语的，可这个女孩子思维比较怪，有点直线思维，以前在黑三那儿领教过几次，黑三讲的好些理都不能让她满意。

过了今晚，我们都是半生不熟的路人，在这闲着，和她聊聊，等于占着一个女孩和她跳舞，让黑三的钱落地也好有个响声。

"不喜欢。你喜欢吗？"

"我也不喜欢。"

停了一会儿，她又说："这里边坏人太多了。"说完，还不由自主地笑了笑。我看得出来，她笑得很勉强，嘴角上一闪而过的忧郁表明了她在这个喧闹夜晚的心事。

"坏人和好人很难分清楚的。"尽管我不赞同她的观点，但是对于一个女孩子来说，能在这种狂热的场所里用她自己的眼光区分出人的好坏来，还是让人欣慰的。

"我看你倒像个学中文的，脑子很好用，也很清醒。"

"我力求做得通情达理些，对一个女孩子来说，这个世上不为她所知的东西太多了。我只希望能少些挫折。"

"你看我是好人还是坏人？"

她笑了，这回没有瞪眼睛，她天真烂漫的笑容才使她青春欢畅的本性得以正常发挥，这样无邪的笑容让人感动。

"我的话是不是很可笑？"我又问了一句。

"不是这意思。我们认识其实很久了，在黑三那儿常见面，只是没怎么说话。你和你们班那些人不一样，太腼腆、太文了。"说到这，她停了一会儿，"你会介意我的话吗？眼下街上不流行你这类查典文人。但你是个好人，没有坏心眼。"

她的话使我很悲哀。我在感情方面一直没长大，不像我那些同学，他们是成年人，不会像我这样，安于清静寡欢的现实生活。

"人和人不一样。"我只能这样说，我一百个不情愿在一个女孩面前承认我对于这类疯狂生活的淡漠和蔑视，要真这样，她也会和我那些同学一样，认为我不是一个正常男人。

"人和人是不一样。"

她也发了句同样的感慨。

我们的谈话到此为止，黑三让大家点歌，周围坐满了人，她的视线被黑三牵走，乔云过来往我杯子里加了点啤酒。

"我们落伍了。"乔云猛灌一口啤酒。

"这种生活要过也容易，放开手脚就行。"

"那你怎么不敢抱着女孩子的腰，做些小动作呢？"

他的话一下子扫了我的威风，我不知如何才能证明我对女孩原本就不曾有过恐惧，我之所以没有这样做，是因为不愿意，或者说我该抱着跳舞的女孩还没有在这个夜晚出现在我的面前。"下个舞曲开始，你看着吧。"

乔云笑了，他的笑容和黑三那个女学生比，有点过分地成熟和下作，那里边既有一个成年男人的羞惭，也夹杂着他内心无法平静的艾怨。

我真的抱着另一个女孩子跳了舞。这是一个非常丰满的女孩子，也是黑三的学生。整个夜晚，她都被男人们抱在怀里跳舞，她的性格非常开朗，她更像外语系的女孩子，这样的女孩子，除了做女朋友外，用别的任何关系和她相识，男人们大多都不会反对。

黑三就这样过了他的三十五岁生日，他已是个成熟男人了，浑身透着一股成年人的俗气。而这样的时候，这种俗气是多么贴切，为他能够应付自如提供了保障。人的空间缩得太小了。

舟　子

"人的痛苦远远大于欢乐，你信吗？而像我们这样的人，就更要承受常人无法承受，也无法想象的痛苦。"

我看着舟子，他因为激动而两腿发软，摇摇晃晃地在屋子中央高谈阔论着。我站在窗口去换空气,眼里塞满了从教学楼里涌出来的学生,他们的心态要比我轻松、健康明朗得多。我应该和他们在一个屋檐下为一碟小菜计较着该由谁来结账才对,而眼前经历的一切,是多么现实和深刻啊。

舟子用半生不熟的普通话在房间里给我们阐述他的理论。我到过很多地方,西安是唯一一个当地土话不流行的城市,人们大多用普通话交流,而正宗西安土话只是老年人的专利。

舟子的嗓子像在护城河里泡了一个冬季,他的每一句话都给人一种遣词造句的做作感。平心而论,我不喜欢和这样的人交流。楼道里有一个让人无法忍受的传统,一有时间,大伙便三三两两地挤到一个屋子去,拣一个干净的床铺坐下来,从一个很琐碎的事情开始,扯遍人身上的器官。我平时都会躲到图书馆去,随手拿一册书坐在一个靠窗的位置上翻一个下午。这是个星期三,图书馆下午闭馆。我去边家村转了转,很乏味,回到公寓,耳里又塞满了舟子不着边际的幻想。生命的意义很容易在这个暗香盈袖的下午滑入低谷。

这是一个漫长的下午,整个下午都淹没在舟子冗长而乏味的表演中。他的表演像正在朗诵着一篇小说,传奇和情欲撑起的轮廓,让人无语述说又不甘心自己的苍白和无知。

舟子的脸因激动而发紫，他心中的万马雷霆引导和左右了他，他找不到自己了。大伙的浮躁情绪水一样漫了上来，已有人起身离去，每送一个怨恨的背影，他的目光都要茫然半晌。他的深刻与诗意，太难让人接受了。而转念想想，谁还有心在这个无聊的下午，心平气和地坐在房间里，聆听一个诗人的声音呢？最后，房间里就剩下舟子那个可怜的追随者——外语系的娄兰了。又是在这样的尴尬场景中结束了舟子的浪漫追寻，人们似乎从一开始就是为了消磨这样乏味的时间，才被迫聚到一个房间里随意在一个人的声音里沉浸着，而聆听什么的意义是很轻的。舟子原以为是他出色的表演吸引了这么多的听众，而到头来几乎就没到头过，一个诗人可悲的追寻就被瓦解了。诗人在这个下午，身份比小说家卑贱多了，小说家的深刻从来就不外露，他们把一切都深埋在心里，而面带笑容。在楼道里，人们都用看一个幼稚孩童的目光来看舟子，他的名分还不如我，因为我写小说，是个十八岁的小说家，我的生活、言谈通俗易懂，从不做作。

我看着舟子，娄兰正在给他脱鞋子，每次到了这个时刻，都是娄兰给他脱了鞋袜、洗脚，让他安然地睡去。娄兰便坐在一边，像欣赏晚霞似的，目光里是深不可测的自足和艾怨。

朗　诵　会

校园里永远是春天的景象,这些和我同龄的青年,沐浴在风和日丽之中,在他们的单纯、顽劣之中我已失去了青年的天性。我是走不进这种单纯与顽劣之中去了。尽管我选修了几门中文系的课,坐在他们之间,一种日暮黄昏的秋气还是把我笼罩,使我在少男少女的朝气里,被从小献身的属于文学的酸气高高抬起,我被思想遗弃在我那条半生不熟的暗道里,孤独、内向而绝望。迎面而来的人流里,偶尔能遇到几张熟悉的面孔,他们的目光和我的思想一样复杂。在很多人看来,像我这个年龄的人置身于一种高高在上的群体中,本身也就是一枚星子了,而我在这样的时候,又在为谁守身如玉呢?

这种空气实在憋得慌,刚好班上有几位同学想下到西安附近的一个小城去写几篇给人鼓气的文章,拉了我去出力气,也好换换空气。

高校之间举行诗歌朗诵和诗人讲座纯粹是一些没有爱或者想让更多人爱的诗人的一种变相展览。这样的方式给我们班的诗人提供了大量的未婚少女来享受,除此之外,诗歌和诗人的价值乏善可陈。这种方式使我跟随着诗人们杀遍了西安的高校,连一些民办大学和中等专业学校里也留下了我们的影子,所到之处,女孩子热烈拥护,男孩子愤恨不已。

　　舟子就是在第一次诗歌朗诵会上认识了娄兰。他生得小眼睛、细嘴唇、单眼皮、黑皮肤，身上挑不出一点优秀的地方来，想想也是，生得好不写诗不会侃也有人爱，也不用费脑子花心思写什么诗了。娄兰用一种献身精神温暖着舟子，给他洗衣服、做饭，消除他的困顿和乏味，陪他睡觉。他们从相识到献身不过三天，舟子写一首诗也没这么快过。

> 那些徘徊在身边
> 让我衰老的诺言
> 多像一门和颜悦色的亲事啊
> 我也成这不老的诺言了
> 亲人们坐在向阳的门檐下
> 她们高声谈论着诸如婚嫁
> 贫富、贵贱之类的现实话语
> 忧郁使她们双眉紧锁
>
> 艳阳下的大地是这般空旷
> 我穿过亲人们谈论着的道路
> 在这空旷里坐定
> 我已变成一条道路

一条不死的道路
划定了我的方向

爱我的人在一边独自忧伤
她对我的爱足以证实她的智慧
亲人们的高谈阔论
犹如信仰
它的心灵比天空还要宽广……

舟子读这首诗时,大厅里鸦雀无声,当他停顿下来喝水时,大厅里一下子欢呼起来,我也不知道这欢呼来自哪里,是为了舟子诗歌里那丝悲凉的暮气还是这朗诵中间压抑着的巨大热情,总之欢呼和随之而来的气氛淹没了整个大厅。这时娄兰和我们坐在一起,她的两条小胳膊和大厅里所有的学生一并举了起来,她脸色红润,胸脯起起落落,跃跃欲飞的样子实在让人感动。我在她跟前坐着,从我和她的交谈中,从未感知到她冰凉而玩世的情欲会在舟子阴阳怪气的朗诵中充满活力,我怀疑她这种被诗所张扬的热情是虚空的,但找不出理由,我无法肯定她这类女孩不懂诗,可她刚才的交谈中所流露的厌世情绪是来自哪里呢?我似乎已觉察到了什么,和一个同龄的女孩子坐在一起聊天需要很深的城府才行,我该和小我几岁的女孩子聊天,而她们还坐在我曾经坐过的为了谋生而生生不息的教室里。娄兰被舟子深深地吸引住了,她一扫刚才的悲凉之气,浑身充满活力。我简直无法相信这个胸脯扁平、腰肢纤细的娄兰忽然间会生出这么多的热情来给我们的舟子捧场。从哪方面讲,人们都会原谅娄兰那搓衣板似的胸脯,而称道她的美貌。在我还不懂得爱的时候,我就被她深深地吸引和打动了,今天看来,她那时的厌世与悲凉之中或多或少地带着一种对少年人的无奈和沧桑感,要是今天,在这样的场景中,把时光和人物都逆转回来,我早就把她带出大厅,带入我的道路上去了,在她刚对我称赞几句的时候我就将她引入我的轨道,而那时,我不过是一个十八岁的少年,还不知道女人坐在身边的滋味呢。

当舟子第二次读他的诗时,娄兰就差点没站起来欢呼了,性格内向的女人更可怕,她在这样的境遇中,连什么都不顾了,从在饭厅吃饭认识,我们是第三次见面,而她对舟子的热情就像在胸中压抑了千年。一个大四的女学生,也该朝花夕拾了。

娄兰在竭力掩饰她的狂躁,她望着舟子,双目圆睁,脖梗绷得紧紧的,我的右手被她抓在手里,潮乎乎的。我在一个动了情的女人身边坐着,而她没有因为我的存在而如此躁动,我的手仅仅是她平息、镇静自己的需要,尽管这样,我还是很乐意我的手在这种时候能给她提供一点平心静气的可能，她毕竟是一个讨人喜欢的女人，她已是个女人了，再用看待一个姑娘的眼光来看她，是很不公平的。

晚上，舟子果然拥了娄兰回来。朗诵会一结束，我就走了，匆匆洗完了便钻进被窝，没想到舟子拥了娄兰回来。

这一夜，我和隔壁的同学下棋，听着舟子和娄兰的嬉闹声，棋下得很开心，这是个多情的季节，大家的心情都很好。

到 企 业 去

我们去采访的第一站是渭南，住在军分区招待所里。经济系的一个学生在这里实习时认识一个乡镇企业的厂长，他想出名，我们想挣点小钱，就来了。

渭南城不算大，街上稀稀落落的就那么几个人，我们从西安过去时就下雨，雨水淹没了这个城市，我们眼里满是雨帘和花花绿绿的雨伞。军分区招待所在老城里，距那家乡镇企业不远。当天中午，厂长在厂里招待了我们。舟子带了一个女孩子，是一个工科大学的博士生，她丈夫出国了，她一个人闲着无聊，舟子在她们学校讲诗，一聊就聊到她家里去了，还很是投机。舟子常去她家过夜，她家我去过，她请客，我们去吃饭，家里收拾得很艺术，但不豪华，像个博士生的家。厂长是个体胖个大的男人，一脸的村夫相，一双眼睛老盯着女博士。这顿酒，厂长喝多了些，下午女秘书拿了些材料来，剩下的事便是舟子和博士生在房间里睡觉，经济系的男生给我服务，我看完材料，凑一万字出来。

稿子很快就完了，交上去没多久，厂长心花怒放的，还给我们发了小红包，这种事，多给他上些油彩就行，他图的就是这点。

上届有个同学在渭南，很是出人头地，去了个电话，约好去他家，这也是我们渭南之行的终点。

同学家在城北的一个商业区，很难找，腿都走短了，才找到。他买的商品房，当时还不到两万，我记得是三室一厅，我们去时，刚做的水磨地板，极亮堂。

"你那位今年毕业吧？"

舟子看同学夫人走开了，忙问。

"还没，才大四。一年多没见了，上次她过来，住了两天就走了，有了男朋友，听说是研究生，学生物的。"同学的表情五颜六色。

我和经济系的男生在一旁只顾喝茶，张望他的房子，心里痒痒的。

他们都在笑，女博士的笑很勉强，透出一股如烟的世事。

"我们都一样。"同学说，"凡事开头难，不要笑我这

177

话俗气，真是这样的。我这套房子就是写报告文学挣的，刚开始放不下脸，其实这和写小说一样，靠劳动吃饭。班上那些暴发户都是这样，有好多人挣了钱，一辈子都够用了。搞发行什么的，都是靠脑子吃饭，单靠写小说，我们活不下去。"

同学这话说得我心里酸酸的，他能感知到我们的分量，让我很感动。

娄　　兰

舟子常去女博士家过夜，房间里就我一个人，贼冷清。我常常盼着有人敲响房门，不管是谁，我都会停下手头正写的小说，和他谈上一个晚上的。这种虚空持续了好长一段时间，我都对自己失去了信心。

一个周末，楼道里的人都出去活动了，我没心思出去，便在房间里给以前的女朋友，如今在一个海滨城市上学的女孩写信，敲门声打断了我。

是娄兰。她的花枝招展让我惊诧不已。我半天都没回过神来。

"不欢迎？"

她进了门，环顾一下四周，便坐在我的床上。

我给娄兰倒了杯水，在她对面坐下。

"好久不见了，挺想你的。"

"你会想我？你是个不懂感情的人。"她笑了笑，"开个玩笑。"

"不是不懂感情，是没机会表现。"

"哦，我倒真想见识一下。"娄兰把手放在我的肩膀上，她看着我，我不知如何是好。

"从不懂到懂要付出代价。"

她的话感染了我。我坐到她身边去，把她放倒在床上，吻了她。这是我第一次吻一个姑娘，这迟到的幸福竟然在我刚满十九岁的夜晚缓缓降临。

"你和女人睡过没有？"

娄兰的直截了当让我很惭愧。

"我可以满足你，但有个条件，我是要收钱的。不会太多，你是小弟弟。"她的话使我压抑中爆发出的情欲荡然无存，我忽然想起了舟子，想起了舟子对娄兰的评语：

"你充其量只能做做广播体操。"

娄兰瞪大了眼睛，她随即而来的委屈雨水一样淹没了这个房间，这个卑鄙的舟子，而我在这种渴望已久的欢乐忽然降临之时，又扮演了何等虚伪的角色啊！

"我很想接近你的肉体，但不是用这种方式。"

"舟子肯定说了我不少坏话！他是一个什么样的男人，也配说这话，我都不想提起那些忧伤的往事了。"

"你怎么能这样呢?"

"寻找刺激,不纯粹为了钱。有很多的女学生都这样,这已不新鲜了,你是个见识很少的人,我本以为你们班的人都见多识广,你是个例外。"

我无话可说。

"你真的不想玩玩?"

"我更喜欢结过婚的女人。"我语无伦次。看得出,娄兰坐在这个房间的手足无措,她和舟子就是在对面那张床上开始他们那段在她看来忧伤的生活的。"生活里我们能真正明悉的事很少,相信吗?只有女人才能教你长大成人。"

娄兰的皮肤水一样细腻,她看似皮包骨头实则丰满纤巧,她身体的光华像大师一样裹住我,让我无法抽身。她很快脱完了衣服,我第一次正面坐在一个女人裸体前,身体里的万马雷霆使我按捺不住,而我又不知如何在这样一个女人面前,这样的一种情境之中去分享一个美丽女人的快乐。

男人对一个傲慢女人的驯服是容易的,但必须有力量和斗志。娄兰躺在那里,脸上盈满了笑意,她的黑发裹住我,我忘了她是一个被人玩弄又抛弃,靠出卖身体和灵魂寻求刺激的女人,一个美丽的曾经深深打动过我的女人。

"我该走了。"她坐起来穿衣服,我怎么劝都没有用,她很快便收拾利落,在盆子里洗了脸,拢了拢头发,俯身吻了我一下，拉开房门消失了。

楼道里死一样静，我躺在床上，刚刚经历的一幕就像上个世纪的事，已变得非常遥远，而那个美丽姑娘，已植入我的心灵，要让我终生心痛。

打　　架

舟子的感情像自来水，一拧龙头就倾泻一地。我最初对他仅仅是厌恶和不屑一顾，我对当今的诗人有种先天的可怜，像舟子这样故作高深，谈话如同写文章般卖弄风情的人，还能有几多好感呢？而和娄兰经历了那个夜晚以后，我老想找机会收拾他一顿，就像他污辱了我的爱人。

舟子常常泡在女博士那儿，我想象不出一个阳痿的男人和一个女博士整日待在一起，能够产生什么动人的故事。不久以后，舟子就搬了回来，同时带回来一个黄皮肤女人。这是另一种类型的女人，听说她也是个诗人，在很多小报上发表过上千首诗歌。又是一个诗人，我都笑不出来了，在这个楼道里，除了随意扔弃的用过的避孕套以外，我见过最多的就是诗人了，而且是个瘦弱矮小、满嘴黄牙的女诗人。

大伙三三两两地来，又三三两两地离去。舟子向那女人介绍我："这是我的室友，还是个童男子呢。"我没等他说完，一把抓住他伸在眼前的胳膊，对准胃就是一拳。舟子痛苦地呻吟了一下，发出含混不清的叫声，女诗人忙过去扶住他，我正要说什么，舟子猛地扑过来压住了我。我的眼镜被压碎了，这时，平日和我相好的几个同学走过来劝架，舟子忙爬了起来，"打了个平手，眼镜来我赔。"我走出门去，女诗人帮着舟子收拾残局。

我坐在隔壁的房间里，大伙乱七八糟的劝导我一句也没听进去。我不知道我这一拳给自己和娄兰打回来了什么，在别人看来，我和舟子翻脸纯粹是因为舟子常带女人回房间，没有人能够想到我和娄兰有一个幸福的夜晚，更不会想到我会深深地爱上娄兰这样一个让人瞧不起的下贱女人。娄兰是无辜的。她最初的浪漫情怀不能怪她，不管怎样，那时她还是个单纯、富于幻想的女学生，后来的一切都是我们无法说清的。

小　　店

我去找过几次娄兰，她都躲在宿舍里不肯见我。每次接近她宿舍时，我都要鼓足勇气，我承认我没足够的勇气去面对这样一个名声不太好的女孩子，而她有千万个理由躲到房间不出来，我的勇气都是徒劳。

那个学期快结束时，娄兰来了我们宿舍。她就要毕业了。我们走出去,在校外一个饭馆里坐定,这是我常光顾的一个小店,养了我好几年。

"我要走了。"

她的话软软的,像她的舌尖。

"还回来吗?"

"一切都过去了。"

她苦笑。

空气非常地沉闷,我实在找不到一个贴切的话题来缓和这样沉闷的氛围,店里的音乐永远是男欢女爱的港台歌曲,不过,这样的时候,这种音乐确实能够给我们的谈话增添一些不可告人的乐趣。

"你会很快把我忘了的。我只希望你不要把我看成一个坏女孩。"

她没有任何表情,脸上是很木讷的笑,像刚从冰箱里取出来似的,这种陌生的表情太不适合娄兰了,她单纯、调皮的笑容和声音呢?一滴清泪从她眼角滑落,她连忙背过身去,擦干眼泪,等她回转过身时,马上又恢复了刚才那样的僵死的表情,她的心是死彻底了。

还是那样凄惋的音乐。

"留给我们的只有回忆,非常非常好的回忆,我会永远记住那个夜晚的。只求你忘了我在那晚扮演的角色。"

娄兰的表情是永远都回不到青春的光泽里来了,她的心已死定了。

"我爱你,娄兰。我不在乎这一切。"

"这不行,你不在乎我在乎。过几天,我就毕业走了,不会给你地址的,也不会给你写信,这是最后一面。"

永劫不复的音乐、啤酒,和这冷艳女人的没有光泽的脸,是我和娄兰的最后一个夜晚,从此以后,我们便要成为路人吗?

娄兰坐了一会儿,起身匆匆离去,我没有去送她,一个人坐着喝啤酒,心事一点点地散失着,直到小店要关门时,我才起身回到学校。

麻　　将

这个世界留给男人们玩的东西实在太少,孤寂难耐之时,我实在想象不出什么东西可以打消我的无聊。和黑三就是在这种时候认识的。舟子喜欢玩麻将,五毛一块的,很掉价,那时我对玩麻将深恶痛绝,总觉得摸这东西的人和旧时出入窑子的人有着根深蒂固的牵连。没想到我竟坠入这深不可测的窑子里,成了他们的同行。

那天晚上,我和舟子在边家村喝酒,正喝得起劲,黑三吃过饭在街上溜达,就遇上了。黑三那时是舟子的朋友,和我不认识,我们第一次见面,一握手,原来还是老乡。

晚上他们坐在一个同学在校外租住的房间里摸牌，我坐在一边观战，黑三的牌技不错，可惜老输钱。在后来我们的战斗中，我们两个老乡输的时间总是比赢的时间多。我对麻将的感情缘于无聊和寻找刺激，毕业实习那阵，我在黑三那玩了两个月麻将，几乎天天玩，在边学边输中坚定了对麻将的信心。

黑三是个很讲义气的人，在我没学会麻将和不懂女人以前，我对他有着很深的成见。他送老婆出国留学，自己一个人守着家门，除了麻将和女人，还能做些什么？大学讲师的分量是很轻的，他的工资仅仅够他抽烟，也只能抽一块多钱的红豆什么的，寒酸之态可想而知。他一周里能做的事就是上四节课，四个小时一过，所有的时空都属于他，我们这些人加入进去，无疑又给他多了些帮手。

校园里要找一个清静之地也并非易事，大多数人成了家立了业，讲师们虽不是人人怕老婆，为了玩整日和老婆吵架，也不算什么男人了。没有成家立业的人，几个人合住一室，常看别人脸色也好没趣。只有黑三这儿是块风水宝地，他一个人过日子，整日在食堂或街上吃饭，一人吃饱全家不饿，也盼着有人过来热闹，黑三这儿便渐渐成了一个据点。

黑三这儿来的最多的是女人和赌徒，要么玩牌要么去喝酒跳舞，日子一久大家都认识了，在一起也无拘无束，很是痛快。

现　实

生活里的很多人、很多事都是匆匆人行道上的一个点缀。以后上了班，工作忙了，我也正正经经地谈起了恋爱，对于以往的浅若皮肤一样忧伤的往事也渐渐地忘却了。娄兰信守诺言，没有给我来信，也没有给我留下地址，在一个遥远的不为我知的地方，她的故事和有关她的传说也一定是动人而美丽的吧。

我用什么方式也换不回那永劫不复的、丧失在记忆之中的相思之苦，而对女人的诚实、友善和热爱，却是永远的。

我们编辑部是个清水衙门，老编辑为各种贴身的事而忙碌着，年轻编辑刚从学校出来，没抓住现实生活之中的重点所在，大多数时间都彷徨着。这天下午，我正在听一个老编辑磨牙，忽然楼下有人喊我接电话。是娄兰。

"你现在过来，我们在我这儿做饭吃。"

"现在？"

"你不乐意还是有别的女人约了？"

"半小时后在交大门口等你，那地方好找。"

挂了电话，我仍有些茫然不知所措，匆匆忙忙上楼去向主任请假。

我到交大时，娄兰正在校门一侧的饮料摊前站着，见我下来，忙拿了一筒饮料走了过来。

"到我那去吧，不远，一会儿就到了。"

我跟着娄兰，走过交大长长的围墙，走进一个小村，一路过去，满是麻将声，像走进一个手工作坊。

娄兰房子的陈设很简单，东西都是从房东处借的，她只买了被褥和生活用品。

"我明天就走啦，到时你来送送我。"

"去哪？"

"舟子给我找了份事做，我们电话上说定了，我不影响他的家庭，我们还和在学校时那样，过过露水夫妻的生活，平日在生活上有他照料，他是记者部主任，有这个条件。"

"以后怎么办？"

"没有以后。走着看吧。这么多年我都是这样过来的，什么以后不以后的。"

"舟子这家伙，真他妈有福。"

"你还会像以前那样爱我吗？"

"不知道。"

她不再说话，默然看着我，还轻轻地拢了拢我的头发。"黑三这个人我很不喜欢，但他还是得手了，我轻描淡写地就和他睡了一觉，给他放放电，马上就离开，让他害相思病。"

"跟黑三?"

"为什么不?"

"你……"

"怎么,不相信?这次回西安,除了以前上学时在外边搭上的相好,黑三是第一个,也是最后一个。"

"你让我说什么好呢?"

"现在认清楚我了吧?放弃是最为明智的。"

娄兰不经意地浪笑起来,她平时笑得非常文雅,她的放纵让我大吃一惊,忽然,我看见一滴晶亮晶亮的泪珠从娄兰眼里滚落而出,又是一滴,接着,晶亮晶亮的泪珠便在娄兰脸上笑着的忧伤之中串成了一条线,便她依然笑着,看着我。

我站起来,走过去,将娄兰抱在怀里,娄兰摸着我的胸口,"我是因为马上就要失去一个真诚的朋友而高兴,他可以活在健康的人们心中了,他远离了污秽和邪恶。"

"不,娄兰,你依然是最好的。"

"没有用了,我的心在路上。"

我将娄兰的头转过来,我不敢和她对视,怕她看出我的错乱来,她的舌头像一个不谙情事的小女孩,没有经验和激情,只是长长地伸展着,任凭我带动。

"今晚你就留在这儿吧,除你以外,我不想再见西安的任何人了。"

"不行，我要回去。明天早上，我会按时来送你的。"

娄兰不再说什么，起身去做饭，我在一边帮她，这顿饭两个人各怀心事，娄兰下楼去买来的啤酒也终是没喝多少。

第二天早上，我早早起来，收拾好了，便坐车到了交大，顺着长长的围墙，直走入娄兰住的小巷。

娄兰的房东老太已经起来打扫院子卫生了，见我进来，乐呵呵地说："娄兰已经走了，她给你留了一个信封，我给你拿去。"

我站在院里，一时不知所措，等房东老太拿了信出来，我便急匆匆地走出小巷，在交大的后门，学着一群学生的模样，从一个小小的豁口处爬了进去，坐在一个僻静的角落里，打开了信封。信封里有一个心形的手工制作的小小贺卡，和一页信，我将贺卡端详良久，想从这里找出属于我的幸福、痛苦和羞惭来。

我一向很笨，这张卡是我亲手做的，学了好久才学会，没做好，希望你能珍惜。

祝福的话也只说一句：好人一生平安。

兰
即日早匆匆

我将这封信翻来覆去地看了无数遍,我看不出我的希望来。校园里异常地安静,来往的人都是一色的闲适、安逸,这样的一个早晨,我只有坐在这个角落里,才能勉强保持内心的平静。

(原载《雨花》2003 年第 12 期　责任编辑:毕飞宇)

秋天的童话

真实的生活

一个人到了我这个年纪，要想将年轻时没做好的事补回来，要多难有多难。那些为了能留在别人眼睛之中而流逝的岁月再也捡不回来。连日来，我坐在书房里，一直思考这个问题。这是我多年养成的习惯，我是一个喜欢坐在窗前闭目养神的人，可能是这个习惯害了我，让我陷入茫然的思考之中，总不能付诸行动。想想这些和我一样哀叹命运的人，我们不都是些想得太多而又做得太少的人吗？

——李明日记

李明本想等着拿到高级职称，就离开这个大学去社会上发展（他已申报过两次副教授，都因没有相应水平的论文被卡了下来），这样以后的路会平坦些，去哪个单位都会有房子住，正是基于这一点，他这些年来在外广交朋友，却迟迟按兵不动。他对劝他把虚名看淡些的朋友说，他要年轻几岁或者说手头有个十万八万就不会这样了。说这些话时，他已经四十岁了，银行里只有四千多元的存款。他是外语系的讲师，学校分给他的是一间不到二十平方米的单身宿舍，这间房子曾经让他度过了几年幸福的婚姻生活。现在老婆也辞了报社的工作，去了美国读书，听那边的朋友说，她和一个英国人住在一起。

  李明的朋友大都是在外面混世界的，有好些个经理，他常开玩笑说他房间里除了那些落满灰尘的书就剩下些经理了。这些人似乎都很有门路，又常常带些他们的朋友到李明这儿来玩，一来二去李明就认识了不少这样的人，让楼道里其他的教师眼红。大家都认为他是个能干的人，认识那么多人，加上他是外语系的老师，还认识几个外国人，也有几个金发碧眼的鬼佬来找他，更加重了大家对他的敬意，在楼道里相遇，李老师长李老师短地喊他，让他很甜蜜。他的房间每天都是人来人往，到了傍晚，有时是刚刚吃过午饭，洗牌和骂娘的声音就在楼道里铺开，这种生活已经持续了几年，楼道里的住户没有半句怨言，甚至连一个脸色都没有,他就是靠这些朋友的声望维持着他的威严。只有在他们都走了,房间里剩了他一个人时,他才会为这种生活羞耻,然而,第二天他又会情不自禁地卷入这种生活。他在靠这种暂时的麻木来掩饰他的堕落和无用,因为除此之外他实在找不到既不丧失威严又能消磨时间的方法。

如果这是李明生活的全部,那也罢了,但他骨子里却是一个非常要强的人。在教学之余,他还常常写些文章登在《妇女之友》之类的杂志上,也将他读研究生时的外籍导师的书翻译成中文在校出版社出版,这些东西让他和别的埋头教学的老师区别了开来,在年轻教师和学生中有了另外一种光环。系上一个叫倪小园的女老师就很看重他这一点,对他很有好感。倪小园是看了他登在《女友》上的一篇《我叫住她向她说出我的欲望》的文章后叫住他对他表示好感的。倪小园是他老婆出国后第一个对他表示好感的迷人女性,但他们之间至今没有任何内容。她有一次来看他,他正在和这帮经理打麻将,她在门口站了半天。他只和她讲了两句话,她从他的表情上能看出他的心情,她知道他想利用这些经理,但她最不喜欢的人之一就是商人,没有理由地不喜欢。她曾问过李明,干吗要和这些浑身铜臭的人在一起,李明说他喜欢闻这种味道,她再也没了话说。

这天,李明下午打牌时输了半个月工资,灰溜溜的。

这段时间他打牌总是输，差不多输了一千块钱。他每次都想捞一点回来就收场，写几篇或译几篇文章在报刊上登登，他没有忘了在学校里最重要的还是职称，但总是背运，越想赢越是输，他总想自摸，别人放牌很少去吃，结果总是他输。输了钱心里赌气，几个人去大学南路吃饭时，他特意要了瓶白酒，喝得有些头重脚轻，回到房子里也没缓过劲来，就不停地喝茶。见他这样，一个在旅行社工作的朋友就说："李明，过两天介绍一个旅行团给你，捞几个外快，咋样？"李明的酒一下醒了一半，他说："好久没有带团了，是什么地方来的团？要肥一点的，可别再像去年那回，让我去给香港人服务，小费吃住都是西北水准。""当然不会了，这次是一对美国夫妇，很肥的。人是少了一点，但美国人还是很大方的，你陪他们玩几天，一二百美金还是有的。"李明扔给朋友一支烟，自己也点上一支，说："好吧，捞了钱咱们弟兄去唱歌、喝酒，羊毛出在羊身上。"他的话一说，那朋友就敲桌子，说："你倒提醒了我，我们现在就去唱歌，武小杰不是刚刚承包了一个歌厅吗？他叫了几次，我都没去，今天晚上就杀过去。那家伙，将你那个学生哄得软泥一团，去杀杀他，也让你出口恶气。"

他拿过砖头样的手机就打电话。李明趁机收拾了一下桌子，将麻将扔进柜子里，又倒了烟灰，还抓紧时间往皮鞋上上了些油。

"我再打电话，让老黄将车开过来，他们不是刚买了辆豪华警车让他开着吗？他说了要让我们享受享受。"他正要打电话，李明拦住他，"袁军，今天就算了，好钢得用在刀刃上，现在不着急，咱们今天打的去，哥掏钱。"

一行人闹哄哄地出了门，李明还在校园乱吼了两句："说吧，说你爱我吧……"惹得来往的人不时地朝他看。

歌厅隐在西门那边一条比较僻静的街上，出租车司机拉着他们在街上转了半天，怎么也找不到。袁军打电话过去，武小杰出来站在门口朝他们挥手，才算找到了地方。

歌厅不算大，里边顺墙支了几张台，前边空出来个舞厅，没有人跳舞，几个年轻人在唱歌，是张学友的《饿狼传说》。这样的歌厅在西安比较普遍，是普通老百姓消费的地方，生意还过得去。李明他们常去的也就是这类地方，那些豪华的包房和有女人陪的地方一年里也只能有那么一次半次，那是某个经理发了横财的时候。这两年，经济不景气，经理们就只好和他一起到这种街边歌厅里乐，要想玩得痛快，女孩是要自己带来的。

武小杰吩咐他的小姐上啤酒、饮料，寒暄了几句，回头对坐在一边的李明说："李老师，你怎么没带个舞伴来啊？"

"他们不是一个个都带着吗？等他们跳完了，我再逐个邀请。"

李明的话让气氛活跃了起来，武小杰拍了拍李明的肩膀，说："李老师，没事的，他们要是舍不得，我这儿的小姐你随便请，在我这儿，你就放心吧。"

袁军说："武小杰，让你那位出来陪李老师跳舞，她也是李老师的学生啊。"

"她去洗手间了，等她出来，就陪陪她老师吧，也让李老师感觉他没白教这个学生。"说话时，几个女孩子已拉着她们的人下了舞池，袁军带来的女孩子也来催他去跳舞，袁军看看李明，说，"李老师，你先喝酒，那我先去跳舞啦。"

武小杰给李明倒上啤酒，也忙他的去了，座位上就剩了李明一个人，他点了几首歌后，就靠在沙发上，看他们跳舞。袁军他们带来的女孩子都不是自己的老婆或女朋友，按他们的话说是他们的第三类女人，他们一下舞池就紧紧地抱在了一起。

这一刻李明忽然想起了他的老婆，他心里一阵难受。当初借钱送老婆去美国，他还了几年的债，他几次申请出国，签证就是拿不到手，大使馆总以他有移民倾向而拒之。他已放弃了出国的打算，但老婆已明摆着是没有了。而他竟然对她没有半点恨意，他这一生就爱这个女人，在导师帮她办去美国时，他一点都不犹豫，也不后悔，现在也是。现在，老婆在干什么呢？从电视上看，那边也在下雪，这样的夜晚，她冷吗？那个英国人会不会像他这样地爱她呢？

一曲终了，他们又回到座位上，袁军看出了他的心事，说："李老师，你和小张跳个舞吧，她一直很敬重你的才气。"

李明说："你这话有些酸溜溜的。"

袁军说："哪能呢？"

小张就过来帮腔，说："是真的，李老师，我们外院的老师，也没几个外语水平能和你比的。"

小张是外院毕业分去旅行社欧美部的，在袁军底下工作，袁军第一次到李明这儿来玩时就带着小张。小张在他的房间里坐下，环顾一下他的挂满各式贺卡的小屋后，用英语说了句好温馨啊，以后可要常来这温馨小岛，他至今记忆犹新。

新的曲子开始时，小张大方地伸出手，说："李老师，请你跳个舞。"

李明拉着小张的手下了舞池，小张的手是那样纤细、瘦弱，几乎是皮包骨头，一点肉也触摸不到。长着这样一双手的女人，是极为干练的。李明和小张缓缓地踏着慢三，他呼出的气有几次吹起了小张额头上的细发，他低头看了看小张，小张正沉浸在音乐之中，有一种女学生式的陶醉感。在舞厅昏暗的灯光下，他看了看小张的脖颈，它是那样地光滑白嫩，只一眼，他忙将头抬了起来，生怕他的举动会让小张发现。在他抬头的时候，碰到了小张迎上来的目光，小张说："李老师，你有些紧张，跳舞是为了放松，你应该完全放松下来，尽情地享受。"小张的目光带着明显的挑衅，又说，"李老师，你和我跳舞，为什么这样紧张呢？"

李明说："没有啊，我紧张什么？又不是第一次跟女孩子跳舞。"

小张说："不，我能感受得到。是我让你紧张了吗，李老师？"

李明看着她笑了笑，没有说什么。

"你说，女孩子为什么总会喜欢上一些奇怪的男人？李老师，你看上去是个饱经沧桑的男人。"

小张的话让李明很紧张，他朝袁军的方向瞥了一眼，他手端着酒杯正盯着屏幕跟着哼歌呢。

"李老师，你很有才华，也很有魅力，你爱人出国后，怎么不再找个女朋友呢？"

李明说："瞧我这样……再说，也没有合适的。"

他话到嘴边，又咽了回去。

小张说："我给你介绍一个吧。"

李明说："好啊，成了我请你吃饭。"

他们不觉间也贴在一起，小张说："李老师，你把我搂得真紧。"

李明说:"是吗?这音乐太优美了,我被它深深地打动了。"

小张说:"那就再搂紧一点吧。"

李明愣了一下,但还是按小张的话去做了,他将小张往胸前又拉了拉,说:"这样真好。"小张没说话,她将头在李明的胸脯上轻轻地碰了几下。直到一曲终了,李明都将小张紧紧地搂在胸前。

中间休息时,武小杰又过来和他们一起喝酒,武小杰说:"李老师,你这阵子在忙什么?"

李明说:"我在想怎样像年轻人似的活上一回,这样才有意思些。"

武小杰说:"那就对了。"

临走时李明又主动请小张跳了一曲,小张似乎已将刚才的事都忘掉了,她说:"李老师,你要有兴趣,就多和我们打打交道,出来带带团吧。"

李明说:"那你就多介绍几个给我。"

小张说:"会的。"

他们就再也不说什么,放松地跳舞。李明不是个喜欢跳舞的人,他心里总认为舞厅是社会最阴暗的地方,也是滋生罪恶的地方。但今天晚上,他没有这样想,他在放松享受的同时,心里有了一种希冀和忧虑,希冀什么又为什么忧虑,他也说不清楚。

倪小园身上的粉末

袁军介绍给李明带的团是一对美国夫妇。李明从未带过这么小的团,就两人。他去机场接他们时,忽然有了一种悔意。通常这种两人团是拿不到什么小费的,又是一对夫妇,他就算是陪吃陪住陪玩几天吧。再说,他们来得也不是时候,这两天,他正好下午有课,要给学生上《泛读》第三册,但已答应了袁军,就只好请人代上两节课。李明想来想去还是去请了倪小园代课。倪小园的口语好,她在专业上也下功夫,还在学报上发过几篇英美文学的论文,已经有内部消息传出,她可能会被破格晋升为副教授。在系里的年轻教师中,有资格晋升副教授的也没几个人,能在学报上发表论文,还上了"检索"的人,也就倪小园了。去请倪小园时李明心里怯怯的,他是系里的老教师了,是看着倪小园由助教一天天成长起来的。他对由她而来的压力有种说不出的酸楚,但他又坐不下来去写那种让职称委员会的人无话可说的论文。基于倪小园对他还有点好感,这个时节他才去找她。

倪小园不在家,他又去她母亲家里找,也不在。

倪小园的母亲告诉李明小园去上课了,她诡秘地看了眼李明，李明猜想倪小园是和她母亲说起过他，为了避免尴尬，李明马上就离开了。

李明是在教学楼下等到倪小园的，倪小园落了一身的粉笔末，头发都花白了，看上去全没了平日的气度，甚至有些滑稽，李明在心里窃笑。倪小园远远地就看到了他，她朝李明迎过来，说："李老师，怎么今天有雅兴站在这儿，等我吗？"

李明说："让你猜对了。今天是特意等你的。"

倪小园说："这年头，总是有些意想不到的事发生，说吧，你找我有什么事？"

李明就将他的来意简单地说了说，倪小园痛快地答应了，她说："时势造英雄啊，李老师，你可是个适应社会的人，千万别错过这个机会啊！"

"瞧，小园今天说话怎么也酸溜溜的？"

其实，李明自己心里倒真是酸溜溜的。倪小园抖了抖身上的粉笔末，说："我写字用力太大，总是沾好多粉尘回来，好啦，不多说了，你就放心地去带你的团，创外汇吧。"

李明说："回来后请你去吃烤肉。"

倪小园说："那敢情好啊，我可得好好地吃你一顿，有一美金就够了。"她摆摆手，走了，李明在那里站了一会儿，看着倪小园成熟女人的婀娜背影，心里忽然涌上一股

201

渴望，但这股渴望一下子就消失了，还有更重要、更美好的事等着他去做，那才会真正让他兴奋。

旅 行 团

按照旅行社的安排，李明应先带这对美国夫妇去临潼看兵马俑，再去西线乾陵看武则天的墓，然后再在西安逛逛仿古一条街，上上城墙，买些古董、字画什么的，一共三天时间，他再将夫妇俩送上飞往桂林的飞机，就算大功告成了。李明将这计划稍微调整了一下，改成先去西线，然后去看兵马俑和在西安城里活动，他做事喜欢将省力的放在后面，旅行社也同意了他的想法。

乾陵在西安以西咸阳塬上的乾县，李明带这对美国夫妇坐上去那里的旅游车——每天有无数趟的旅行车由西安发往那里。这对夫妇刚上车还有心情对着窗外的景象手舞足蹈，等车上了西宝公路，他们就相拥着睡了过去。李明坐在后面，他无数次走过这条路线，他的家就在距乾陵不大远的凤翔，那是个民间文艺非常发达的地方。他曾想过带这对夫妇去他的家乡玩玩，他用了很大的力气去说服他们，但无济于事，他们出来似乎只是散散心，走走看看，对中国文化的了解和兴趣只是即兴而已。李明甚至有些后悔带这个团，他对没多少文化又喜欢附庸风雅的人有种天生的厌恶，这对美国夫妇正好属于这类人。从他和这对美国夫妇不多的交谈中，他只知道他们是生意人，其余的这对夫妇避而不谈，除了在生活上的一些需要，他们大多数时间是不会记起他这个导游的，他跟在边上晃来晃去，简直像个多余的人。

只有在乾陵的民间手工艺品街上，美国夫妇破天荒地对他表示了热情，他们看中了一对雕龙琢凤的屏风，对之爱不释手，赞不绝口。这可急坏了李明，他们要是真的买下这对屏风，他可就麻烦了，从乾陵将它运回西安，这一路可真够他喝一壶的。美国夫妇说出多少钱都无所谓，他们喜欢这东西，他们常在一些有关中国的电影中看到它，认为它是代表中国传统和富贵的，是地位的象征。李明被弄得哭笑不得，他反复劝解，告诉他们他的一个朋友在西安开了一个店，那里的做工、色彩都比这个好，店就在他们住的宾馆后面。美国夫妇被他说动了心，终于没再坚持在乾陵买屏风，李明背着他们长长地舒了口气。

从乾陵回来的路上，美国夫妇破例和他讲了几次话，都是无中生有的话，对车窗外的自然景观发表些看法。他知道这一切都是屏风在暗中起着作用，从他的经验看，美国的老年人更像孩子，他也就孩子气地迎合他们，心里却盼着车子快点到西安。

回到他们住的宾馆，安排他们回房间后，他马上告辞出来，说是去联系屏风的事，美国夫妇很高兴，反复说只要东西好，价钱无所谓的。他让他们放心，说开店的人是他朋友。

其实，这件事李明心里早就有底了。武小杰这几年又在仿古一条街上开了店，干的就是这活，用他的话说就是从老外身上往下刮油。一般的国内游客都只买些小零碎，什么兵马俑啊铜车马的，只有外国的客人才会花大价钱买些貌似文物的东西。这几年，外国人也学精了，国家管得也严，加上这种店也日渐多了起来，全靠朋友帮忙才活得下来。武小杰开那个卡拉OK店，为的也是让他的那帮哥们去玩，玩好了给他拉生意。

李明打武小杰的手机，他正忙着找人去拿已复制好的石鲁等人的作品。石鲁的画较容易模仿，他找了几个美院的朋友，模仿了一些，生意出奇地好。他曾以五千美金的价格卖给一个台湾人一幅石鲁的画，而这张画的成本才三百块钱。他给美院朋友开的是他们一个月的工资，而他的利润他们是永远想象不到的。随着武小杰手头的阔绰，他给美院的朋友也加了价，一幅画已出到了五百块钱。

李明说明了找他的意思，武小杰乐得差点将手机掉到地上。他马上约好李明回学校去商量，那里清静些，好说话。

"你向他们要一万美金。去年我六千美金卖过一次，也是个美国人，他像讨了大便宜似的，恨得我直咬牙。这次，宰就宰狠一点，我们四六开。"

武小杰说完后，瞪圆了小眼睛望着李明。

李明说："一万美金，是不是太黑心了点？"

武小杰说："不能低于八千美金。他们根本就不识货，也不会有人知道，你谁也别说，连旅行社那些人也别说，他们心眼多着呢。"

李明想了想，说："不会有问题吧？我可不愿意因这事坐牢。"

武小杰说："看你这个书呆子，怪不得半生不得意呢！出了事我顶着，不让你受牵连，行了吧？"

李明也不再说什么。这么多的钱，他要上几年班才能挣来。他不是为钱而活的人，可到手的钱，也不能不要，钱在这个时候，他还是需要的。他咬咬牙，一拍桌子，说："就这么着吧，明天我带他们来看货，你把活做得漂亮些，宰人也要宰得堂而皇之些。"

武小杰说："我今天晚上就去拿货，你不是拍了他们喜欢的屏风照片吗？拿给我。"

李明说照片还没冲出来，已拿去洗了，这会儿也差不多了。他们就一起出去，取了照片，武小杰风一样地忙他的活去了。

李明和武小杰的担心纯属多余，武小杰甚至为他昨晚一夜的忙碌而惋惜。美国夫妇看了武小杰连夜从临潼运回来的屏风后对他和李明的解释一句也听不进去，夫妇俩围着屏风转来转去，看也看不够的样子像孩子。当李明将武小杰定的价码报给他们时，他们毫不犹豫地付了钱。那一刻，李明看到武小杰的目光是恶狠狠的。他也后悔没按武小杰的意思再多敲点，既然没缘分同这对美国夫妇成为朋友，那就从他们身上刮点油下来。

第三天，李明去机场托运完行李，和他们告别时，老太太悄悄地塞给李明一百美金，算是小费。老头子则扬着头望着别的地方，对他视而不见。当他过去和老头子打招呼时，他竟弯下腰亲了亲他的脸，这种美国人的友好让他很反感，他朝他们挥挥手，头也不回地离开了。

守 空 房

围墙外的风早已席卷了校园，倪小园在讲台上给学生讲课时也没了当年的气概，她甚至不要求学生听课，只要他们不在课堂上捣乱。老师们都是凭良心上课，遇上学生到得齐一点，态度诚恳一点的时候，也会倾心相报。但这样的时候毕竟少之又少，把上课纯粹看成了吃饭，似乎已成为老师替自己开脱的唯一方式了。母亲活着的时候，倪小园还可以和她说话，听她话旧，现在她走了，那些争吵便显得是多么可贵。她也减少了和学生的来往，学生到来，欢快总是很短暂，他们的谈话总那么贴近现实，让她感到自己无用。学生敲门时她躺在床上看书，不去开门，过一会儿学生走了她又后悔，拿什么打发时间呢？她感到她是最不幸的人，只有最不幸的人才总是感到手上有大把的时间不知做什么。

倪小园在丈夫走后的两年多时间，一直是一个人生活的，她有过找个人临时在一起玩玩的想法，譬如李明或者一个没有任何牵挂的年轻人，这种想法迟迟没有付诸行动的原因有二：一是她多年来已养成的生活习惯一时无法打破，二是没有适当的机会。她不知道90年代还有没有人像她这样压抑自己的。有次一个女学生和她偶尔谈起这件事，她隐约向女学生说了她的生活，女学生看她的目光让她非常生气，女学生是享受生活的人，而她只是等待甚至在逃避青春和欲望。女学生说她和别的系的一个讲师有一腿，她也有个男朋友。她和讲师的事是地下的，他是个有妇之夫。她说他是她的情人，男朋友是恋人，她分得很开。她谈笑自如，说那个讲师时一口一个我情人怎样怎样的，让倪小园听着脸红，可女学生一点羞愧之色都没有。这就是90年代，凡存在的都是合理的，人人都为自己而活，活得有滋味，她又为谁而活？倪小园常常这样问自己，慢慢地，她就喜欢上喝啤酒，在啤酒泡沫里她才感到有一点点的幸福，她终于找到了活着的意义，那就是她还喜欢写点文章读点书喝点酒，仅此而已。

有次，她听到可以破格晋升副教授的消息，就去钟楼打越洋电话。她丈夫对她的好消息很不耐烦，他说他很忙，没有事轻易别打电话，末了他又问她那种事怎么解决，她有些气急败坏地说，90年代是一个要想得到什么就能得到什么的年代，90年代的女人可以不需要男人也能得到满足，这是90年代！她挂了电话，以后再也没去过钟楼邮电局。可这样发泄内心愤懑的机会毕竟不多，在学校里人人都是笑脸相迎，因为大家见面的机会实在也不多，90年代是一个你不找人也没人找你的年代。

倪小园有点想去找一个人，她不想再关在房间里喝闷酒了。一个长时间身边没有男人的已婚女人，酒精常常会刺激她用各种方法去扑灭欲火。她不是那种感情外露的人，但性格内向的人，却常常会做出一些让人目瞪口呆的事。她现在就想放纵。在这个时候，她能找的人，又有谁呢？她想到了李明。李明的老婆也在国外，没有家庭负担，他连续几年没有评上副教授，属于事业上不得志的人。从这一点来看，他不可能找一个感情上有依托的人，他只能找一个玩得起的人。大家都是讲师，身份平等，也不掉价。李明那边她还是有把握的，自进校以来，李明看她的目光里就隐藏着内容，何况她还算是个相貌出众的女人。

当　经　理

自从那次带美国夫妇的团赚了几千美金后，李明尝到了带团的甜头，常往旅行社跑，一来二去的就认识了许多旅行社的人，但好运气不是能经常碰到的，在那以后他也带过几个团，都没有捞到好处，一气之下，他就放弃了出去带团，听袁军的意见到旅行社下面的一个电脑公司当了个经理。他当了经理后才发现以前来他这儿的人是什么货色了，包括袁军，都不过是些最寻常的职员，是为办事方便才在名片上印上业务经理呀执行董事呀什么的。不过，李明手下还确实有几个人替他跑腿，他负责订货和总的销售渠道，另外还有两个用电脑打字的小姐、一个管复印机的小姐。跑销售的人都是兼职的。他在这里一个月拿五百块钱的工资，销售得好还可以拿奖金。他已当了两个月的经理，电脑却只让一个朋友的公司进了几台，到现在还有两台没有付钱，养活这个公司的目前看来只是打字和复印。

李明对公司的现状一筹莫展。他想当经理的高烧已经退了，知道了经商和教书不同。他每周有两个下午有课，那两个下午倒轻松得多。他上完课又急忙骑车到公司，晚上忙到很晚才回去，却没忙出什么结果。这天，他下午上完课回到公司，打了几个电话，客户还是未能立即答复。他心里憋得慌，又不知拿什么出气，小张来了。李明到旅行社后,小张会有事没事地来看看他。

小张见他脸色不大好,说:"李老师,晚上我请你去吃夜市吧。"

李明说:"怎么今天想起来去吃夜市?电脑卖不出去,我哪有心情啊。"

小张说:"满街都是卖电脑的人,而想买电脑的人能有多少?买得起的又有多少?你想一想心情不就好了吗?像我吧,想是想,可买不起,就不能替你分忧了。"

李明说:"先不谈这个,袁军到哪去了?他……"

小张说:"他去北京了,走时让我来告诉你一声,现在可能都到了。我们去吃夜市,散散心吧,李老师,你就不能活得像个年轻人吗?"

李明说:"我是为了像年轻人一样生活,才坐在这儿的,可我毕竟四十岁了。"

小张说:"男人要四十岁才开始成为男人,二三十岁的小伙子,毛毛糙糙的,连女孩子心里想的是什么都不懂。"

对小张这样的女孩子,李明心里是有些看不太起的。有那么多的男人,干吗非要找有老婆有孩子的袁军?两个人在外面租了房子,袁军十天半月也不沾家。李明在老婆之外还没有过女人,他常想能破例一次,每次都会想得浑身燥热,可一走出房子心又凉了。他还是爱着他老婆,也知道能和他这样的人在一起玩的女孩子总不会是平白无故的,他能给她们什么呢?小张他还比较了解,她和袁军开始只是好奇,时间一长陷了进去,年轻人都会犯这种错误。上次跳舞,他能感觉到小张对他是有好感的。想到这,他就站起来,说:"去吧,坐在这儿发急也感动不了谁来买台电脑,民以食为天,我们喝酒去。"

小张说:"这就对了。"

两个人出来,天已渐渐黑了,他问小张骑不骑车,小张说骑车不方便,走过去吧,也不远,还可以散散步。他就说好吧,在很多时候,他是个不太有主意的人。两个人刚开始还有点距离,等到转过街角,将单位甩到后面时,已走得很近了。过第二条马路时,小张便紧紧地抓住了他的胳膊,说:"小心汽车。"他有些紧张,任由小张抓着胳膊过了马路,再看小张跟没事一样,他就在心里有些佩服,到底是见过大世面的女孩子。

他们在一个烤肉摊前坐下,李明要了两百串烤肉,小张还加了点腰花,他们一人手里拿了瓶啤酒,坐在街边喝得津津有味。

小张说:"李老师,这段时间,你总是躲避我的目光,是因为袁军,还是你心里有什么想法?"

小张和他碰了一下酒瓶,却不喝,盯着他看。

李明说:"我就这么个人,不喜欢迎着别人的目光,那多难受啊。"

小张说："你不讲实话，男人为什么都爱说谎呢？"

李明被逗笑了，说："你明知故问，大家心里都明白的事，说出来还有什么意思？"

小张说："我不明白。"

李明迟疑了一下，说："非要我说吗？"

小张点点头，自己先干了一大口，她喝得有点急，被呛了一下，直咳嗽，李明便在她背上轻轻地拍了几下。

李明喝口酒，有了些胆子，说："我若说很在乎你，你会怎么想？"

小张笑了，她低下头，沉默了半晌，说："你连喜欢我都不敢说，那天跳舞时，你把我搂得那么紧，我都喘不过气来了。"

李明一时没了话说，他低头吃烤肉，小张却不放过他，说："我喜欢你打牌时的那股劲，天不怕地不怕，怎么到了关键时候，你就成了这样，怕输吗？"

李明说："不是怕输，是怕打通宵，身体受不了，岁月不饶人啊。"

小张放下酒瓶，起身要走，李明拉住她，说："我看你是开得起玩笑的人，才开这个玩笑，话刚说开，何必呢？"

小张又坐了下来，说："袁军没少给你说我的事吧？

不过，今天不谈他，我们喝酒吧。"

李明却说："说心里话，我是很喜欢你，第一次见你就喜欢你，但你是袁军的人，朋友妻不可欺。"

小张说："我说过今天不谈袁军，不过，为你终于说了实话，干一杯。"

烤肉的师傅在他们说话时，趁机多烤了些肉，盘子里的还没有吃完，又加进来好多，前面的都凉了，李明就让他烤了两个饼将凉了的肉夹进去。

小张说："我想给你讲讲我的故事，你可能还能写篇文章发表，你想听吗？"

李明说："什么故事？你讲的，生不生动我都想听。"

小张说："我讲的故事肯定生动，你也会喜欢听，但现在我不讲，这不是讲故事的地方，回去后再讲给你听。"

李明说："那我们回去吧，我要听你讲故事，很久没有人给我讲过故事了。我从小就喜欢听故事，长大了爱看书，特别是故事编得好的书，这影响了我的一生，让我长成了一个爱热闹的男人。"

小张说："那好，我们回去后，我就给你讲个故事，我也是个爱热闹的人。"

他们拦了辆出租车，李明自作主张让司机将车开到他那儿去。小张上车后一直没说话。李明试探性地拉了拉小张的手，小张一点反应都没有，李明胆子大了起来，他将小张的手握在手中，轻轻地抚摸，这样一来，小张也开始抚摸李明的手，两个人都有些投入。车子快到学校时，李明的勇气才上来，他伸出手臂将小张揽进怀里。小张将头埋进李明的怀里，用手抚摸着李明的胸膛，两个人谁也不说话。李明正要捧起小张的头，亲亲她时，车子到了学校。

进了李明的房子，李明没有开灯，反手关上了门。小张问他怎么不开灯，李明说他有点紧张，等一会儿再开。李明将小张拉到床边来坐下，他喘了口气，就势将小张又揽进怀里。

小张说："李老师，你急什么？夜还长着，你不是要听我讲故事吗？"

李明说："等会再听你讲故事，现在我就想抱抱你。"

两个人就不再说话，李明开了床头上的台灯，灯光下，小张被乱发遮住的脸拳头那么大一点，看上去一点肉都没有，还有些苍白。这种感觉只持续了一会儿，李明撩开小张脸上的头发，俯下身去吻住小张的唇，两个人紧紧地抱在了一起。李明很急躁，动作有些粗鲁，他迫不及待地解开小张的衣服，将嘴埋入小张的怀里。整个过程小张都默不作声，她大口大口地喘气，直到李明抓住她的裤脚将她的裤子脱下，让她的裸体暴露在灯光下她都没说一句话。她配合着他的行动，不停地喘息，呻吟声中带着明显的激情，这一切搅得李明神魂颠倒。

后来李明跪在床上，看着小张的身体，小张躺在床上，还用脚勾了下李明的后脑壳，用脚动了动李明的下身。脱了衣服的小张，一点都不动人，胸几乎是平的，她的皮肤在昏黄的灯光下也显得粗糙，两条腿的汗毛多如羊毛，怪不得她从来不暴露自己的身体呢，夏天也用长裙围得严严实实。他感觉是袁军骗了他，除了人人看得见的水蛇腰和大屁股，小张什么都没有。男人为什么总喜欢用谎言来包装和自己有关的女人，还要四处去说呢？

李明又回到小张的身体上来，他轻轻地抚摸小张少女似的乳房，小张握住他的手，说："对不起，我这地方发育不好。"李明拿开她的手，说："你长了一个很理智的胸，干吗要自责呢？"

这时，有人敲门，"李老师李老师"地喊起来，李明听出来人的声音，他示意小张别出声，外面的喊声也就停下来了。

小张说："这么晚了，还有人来找你，是你什么人啊？"

李明说："系里的老师，我有事请她代课，可能是那些事吧。"小张也不多问，两人又重复起刚才的简单乏味的动作。等到事情告一段落，小张趴在李明肩头说："李老师，我要向你提出个要求，请你帮我的忙，你会尽力帮我吗？"

"什么要求？你先说出来吧，只要我能办到。"

小张说："我想让你帮忙，将我办出国。"

215

李明吃了一惊，早知道没有白捡来的果实，90年代的感情生活早已不是一片白纸，但他现在忽然喜欢上了这种各取所需的生活方式。

小张说："李老师，你会帮我吗？"

李明说："我只能给你介绍一个外国人，他是外籍教师，据我所知，他还没有结婚，现在身边也没有女人，别的就靠你自己了。"

小张说："好吧，只要他人好，别的我不计较。"

李明说："他人很善良，也就三十岁，比许多女孩子搭一老头要好许多吧，不过，我听说好多外国人都是性虐待狂，你要有心理准备。"

小张说："我倒不怕这个。"

李明说："在我的印象中，女人只和她爱的男人上床，你同意这个说法吗？"

小张摸摸李明的脸，说："应该是女人只和她需要的男人上床。"

李明就不再说什么，他已有些倦意，小张爬上他的身体，他推了两次都没推下来。

寂寞的女人

现在日子最不好过的恐怕非倪小园莫属。别的老师为了生活白天在学校上课，晚上还要四处找门路去外面讲课，倪小园倒不用这样，她生活上还是很富足。母亲给她留了点遗产，丈夫有时也会寄点美金回来，她也不怎么乱花钱，经济上很宽松。但一个女人到了这个时候，感情上的匮乏常使她丧失活下去的勇气。最近以来，她什么书也不看，也不再写论文。校刊社科版的编辑请她翻译目录时还问她今年的文章写好了没有。她一连几年都帮校刊社科版翻译英文目录，和校刊的人很熟，他们答应每年都会给她发表一篇论文。这是李明做梦都想的事，他多次向校刊投稿都没被采用，人家不承认那是学术论文，说他缺乏批评语言。系里的教授能在校刊上保持每年发一篇论文的也就系主任一人，他可是留美博士，在国际上也多少有点影响。倪小园把笔搁在了一边，拿出冻在冰箱里的啤酒，她喜欢冰镇啤酒，大冬天的也要喝冰镇啤酒。她感到她比任何时候都需要一个男人。她不是那种要求特强的女人，丈夫走了两年多，她现在才感到她最需要的不是职称和票子，而是男人。虽然身边有那么多的男人，但她真正需要的时候，他们却不在身边，她也不想因此而破坏她多年来保持的形象，她只想做得隐秘些，她曾找过李明两次，但他都不在。

  李明上次和小张在房间里听到了倪小园的敲门、喊叫声，心里一直不踏实，他总是在心里琢磨着该去找找倪小园。他这段时间在公司也不顺心，小张常在吃饭的时候来找他，说没钱吃饭了向他要钱，他心里很烦，总算牵线将她推给了那个外教，看来他们还很投机。下午小张来告诉李明，她已在李明他们学校后面的村子租好了房子，她也正式提出了和袁军分手。为此袁军跑来和李明吵了一架，李明也不好受，下班后在夜市上随便吃了点东西，就跑来找倪小园。

倪小园正喝啤酒，听见有人敲门，起来一看，是李明，她有些吃惊，李明不看她的表情，自己先进来在沙发上坐下。

倪小园说："李老师，我找过你几次，你躲到什么地方去了？是不是也勾搭上了你班上的女学生，这种事现在可是越来越普遍了。"

李明说："你会去找我？我怎么就不相信呢？再说，我有BP机，从没显示过你的姓啊。"倪小园说："那玩意儿我可不喜欢用，火烧火燎的，呼个啥呀？"

李明拿过倪小园桌上那半杯啤酒，猛地吹了个喇叭，灌了一大口。

倪小园说："说吧，你找我有什么事？"

李明说："没什么事，就想来看看你。"

倪小园笑了，说："来看看我？今天怎么有心思想起来看我？是不是又挣了钱，想请我吃一顿啊。"

李明一抹嘴，说："钱虽没挣到，但你若赏脸，我们就去吃。"

倪小园说："饭我可吃过啦。"

李明说："那我们去唱歌或者去喝咖啡，随你挑。"

倪小园想了想，说："还是去唱歌吧，我喜欢那个氛围。"

两个人出了校门，拐上学校后面那条街，那儿有许多歌厅，价钱也比较便宜，有好多学生也进去玩，他俩往前走了走，就随便挑了一家，进去了。

歌厅不大，装修也挺简单，舞池周围有几张火车座位式的小包厢，桌上点了蜡烛，光线不明不暗，倒也还有点情调。他们挑了个角上的位置坐下，李明要了一扎啤酒，问倪小园要不要饮料，倪小园指指啤酒，说就喝这个。服务员拿来了歌本，李明让倪小园点歌，倪小园说她不会唱歌，一是不记词二是跑调，李明就自己点了几首。

到下一曲舞曲起来时，李明邀请倪小园跳舞。倪小园说她从来没跳过舞，也不喜欢跳舞。李明说那你到歌厅来干什么，倪小园说听歌啊，他们就坐着听歌。终于等到了李明点的歌，他唱了一首《明天你是否依然爱我》。有几个人给他鼓掌，倪小园也象征性地拍了拍手。唱完了，李明坐下来时，倪小园说："有没有《二套车》，我只会唱这个歌，这是我妈特喜欢的歌，我就听会了。"

李明拿过歌单，给倪小园点了首《三套车》，他忽然感到没劲透了,跟这样没意思的女人出来,真是没劲透了。他看了看倪小园,她正坐在他边上,专心致志地听歌。

两个人就这么沉默着坐了一会儿,倪小园大概感觉到了气氛的沉闷,她忽然抓住李明的手说:"李老师,是不是很没意思?"

李明说:"挺好的。"

倪小园说:"你骗人,你怎么不说话?"

李明就说:"见你听歌这么认真,我不好意思打断你。"

倪小园说:"我真的很喜欢这样的气氛,虽然我不会唱歌、跳舞,坐在这儿,这里的氛围会自然地牵引着你,让你忘了平日的不幸,而给你幸福的感觉。"

李明说:"你真诗情画意。"说完,他伸出胳膊将倪小园揽入怀里,倪小园很自然地就将头靠在李明的肩膀上。

李明说:"我是不是有点急躁?"

倪小园说:"我不明白你的意思。"

李明说:"我们应该一步一步来,但我们年纪都不小了,还是省掉那些吧。"

倪小园说:"你是个老手?"

李明说:"只有你才会这么认为。"

他们又不说话了,李明将手伸进倪小园的衣服里,摸到了倪小园的一大团乳房。他费了点劲将她的乳罩拿开,她的乳房太大而乳罩又太小,他不明白在人人想方设法丰乳的今天，她为何要死死地将它藏在底下？李明从来没有摸过这么丰满、结实的乳房，他有些飘飘然。倪小园静静地伏在李明的怀里．

当《三套车》的曲子起来时，倪小园慌忙从李明怀里挣脱开来，她没有忘记整理好自己的胸脯，将乳房又塞进乳罩去了。

倪小园的歌唱得实在不怎么样，好在她还是坚持唱完了，没有半途而废。李明给她鼓掌，她似乎挺高兴，坐下来时情不自禁地又将头靠在了李明肩膀上。

倪小园说："李老师，你就打算这么活下去吗？"

李明自嘲地说："你的意思是让我重新组织家庭，另起炉灶？"

倪小园说："我是说你还打算在那个公司干下去吗？据我所知，你那个公司实在不怎么样，干吗耗在那儿呢？"

李明将倪小园紧紧揽住，说："我发现我已经和这个时代拉开了很大的距离，我还停留在七八十年代的生活方式中，我的硕士学位并没有给我什么，那些知识已经非常陈旧，当我想进入90年代时，我已找不到语言。但到了我这个分儿上，再也不能像年轻人那样出去给人打工了，若出去干，我必须自己当老板，若还留在学校，就得评上副教授，我别无选择。"

倪小园说："我有个路子给你走，你愿意去做吗？"

李明说:"什么路子?说说看。"

倪小园说:"我有个同学,是中学同学,他没考上大学,后来当兵去了,现在在附中工作,承包了附中一个小食堂,可能是赚够了钱或者什么的,他现在想转让出去。有天我在街上碰见他,多年没见了,我和他谈了很多,他现在可是出息多了,他将饭店转让后想去深圳发展,他租了五年,和学校的合同尚有两年,要有兴趣,这是个机会。"

李明吃惊地望着倪小园,说:"你让我去办食堂?"

倪小园说:"有何不可?你现在需要度过原始积累这一关,我看只有这条路可以走。我去看过了,那儿生意很好,他们赚的都是大学生的钱。大众小食特别受欢迎。你是西府人,你们那边的岐山臊子面、擀面皮什么的,在这很受欢迎,你完全可以请人来做,你不是不知道,大学南路那些专卖拉面的,一天也要卖掉几袋面。这附近有三个大学,每个大学都有学生近万人,还不说别的了。你想想吧。"

李明说:"是得想想,开店容易,我让我家里人来就可以。我弟弟在工厂上班,已经一年多开不了工资了,但是这事我一下子拿不了主意。"

倪小园说:"我知道,我们这种人就是放不下面子来做,但你已经迈出了第一步,一个不挣钱的电脑销售公司经理和一个能挣足钱的便民饭店老板哪个更有意义呢?你还口口声声说要活在90年代，整个90年代都是这种原始积累的格局。我那个同学过了这一关，有了一些钱，他几个混得不错的战友一拉，他干脆辞职去深圳。你敢扔了这份工作不要吗？饿死你。"

李明不想谈这个，他更想将手伸入倪小园的衣服里去，但倪小园这次硬是没让他得逞。女人就是这样反复无常，说不高兴就不高兴，她们只有在自己需要的时候才敞开胸怀。

倪小园又说："李老师，男人到了这个时候，总该占住一头，你想想吧，看看你能占住哪一头。否则，后半生是不好过的。"

李明说："我导师来了信，他下个月要到中国来，他有下海做生意的想法，让我做中国的总代理，他说我若想出国，等他来了好好策划一下，我想也确实该做出决断了。"

倪小园说："但愿一切都按你的意愿往好的地方发展，我活着没有别的，只知道认真过好每一天，然后才谈得上未来。当然，我现在已快沦为酒鬼了，女人到了这个时候，往往比男人更惨，我还能有几年青春时光呢？"

李明说："也不要这样说，听说你破格晋升副教授的事已经通过，你也够幸福了，我都快退休了，这事还没影呢。"

倪小园说："不谈这些了，你那样想，何必呢？我们把酒喝完，准备回去吧，时间已经不早了。"

李明就将剩下的酒分在两个人的杯子里。歌厅里又来了一拨人，看上去像是学生，要给谁过生日的样子，他们拎了一个大大的蛋糕，李明看着难免有些伤感。

　　出了歌厅，大街上只有夜市上还有些灯火人声，四处已静了下来，空气也格外清新。走在街上，两人都不说话，李明试图将倪小园揽入怀中，倪小园犹豫了一下挣脱了，她说在学校跟前，小心有人看见。

　　李明心里有些不高兴，他太了解知识分子了，就不去管她，两人一直到走入学校，在宿舍楼下站住时，也没说一句话。

　　倪小园住在李明后面的楼里，走到李明那幢楼下时，李明拉了倪小园一下，说："去我那坐一会儿吧，现在回去也睡不着。"

　　倪小园说："改天吧，今天我有些累了，李老师，谢谢你，今天晚上我很开心。"

　　李明还要坚持，倪小园朝他摆摆手，径直走了，李明孤零零地在楼下站了半天，看事情已不可能出现转机，才上楼去了。

导　　师

　　春天的时候，李明的导师卡特和妻子玛丽果然来了西安。李明从机场将他们接到学校刚建好的宾馆住下，他以前曾说过好钢得用在刀刃上，这次果真是老黄开了新进的警车一路警笛开进宾馆。李明给他的导师包了一套比较豪华的客房，日租打过折后要四百多元，他极力地要让导师住得舒服、玩得舒服。导师是美国西北大学的教授，也是一个作家，在美国还有些影响，李明的老婆就是导师帮忙办出国的。这次他们在西安只逗留三天，完了他们要去武汉，李明的导师也在武汉做过一年外教，他在那儿也有不少朋友。

见面后第一天，导师没有和他谈信上说过的事，临走前一天，导师夫妇才坐下来和他做了一次长谈。他们第二天就要飞去武汉。

卡特说："李明，你这些年还是没有变化，我看得出，你依旧是个贪玩的人，你问玛丽，我在美国也没你这么开心，我们工作的时候，都是相当严谨的。你再看看你的房间，和我当年走时，几乎没什么变化。"

李明坐着，什么话也没说。

卡特说："我是想做些中外文化交流方面的工作，东西方文化的交流势必带动经济往来，也可能会做生意。我是个学者，主要的精力还是要教书和写作的。"

玛丽说："你还想到美国去吗？"

李明就将他最近收到的老婆要和他离婚的信以及美国

法院的判决给他们看，他和老婆分开已近四年，那边已直接判决他们离婚，李明心情不大好，刚才被导师那样一说，更不知说什么好了。

卡特说："你若想出国，这次就说好了，到美国去也不是不能发展，就以访问学者的名义出去，但你是学者吗？这让我有些难过，我离开时告诫你大学教师首先要在学术上有些建树的，我的话你一句都没听。"

玛丽见气氛有些不对头，忙将话头转开，谈了些无关紧要的闲话。时间已经不早，他们就各自休息了。

第二天，李明又让老黄将导师送往机场，导师塞给李明两百美金，让他去唱歌。临出关时，卡特说："昨晚跟你谈的话，你想清楚了和我通话。"

李明回到车上，靠在座椅上就睡了过去。这三天他是累坏了，话又说回来，他和老黄又能说些什么呢？他在心中设计好的一切都还像梦中的金星一样，他也只好昏昏沉沉地睡过去了。

回到学校，他在大门口又意外地碰到了倪小园，倪小园正在那儿等车，见他过来，忙跑了过来。倪小园今天穿戴得很淑女。

倪小园说："李老师，我要去广东玩几天，去找你几次都找不到，你去哪儿啦？"

李明将导师来的事跟倪小园说了，他最近也听到些风传，说倪小园刚拿到副教授就要调到广东一个大学去。他没往心里去，他这次评职称又没通过，加上老婆和他离婚，已搅得他分不清方向。

李明说："还回来吗？"

倪小园说："手续还没办好，要回来的。"

李明说："怎么刚拿了职称就走，你也太没良心了。"

倪小园笑了，说："不是人人都这样吗？早就有这个打算，孔雀东南飞，也是90年代的潮流。那边给我三房两厅，在这儿到老也不一定能混上。"

李明说："你不想去美国找你老公了？"他本想将跟老婆离婚的事说说，但话到嘴边又咽了回去。

倪小园说："听天由命吧，活人不能让尿憋死。李老师，我要走了，我会给你写信的，你会给我回信吗？"

李明说："看你，话说哪去了，这不见外了吗？"

两个人握了握手，李明要去送她，倪小园不让，他就没再坚持。

回到房子，李明的BP机又叫了起来，他一看是电脑销售公司的人，就没去回机，这几天他没去公司，上边已经发话了，说要是公司的营业额上不去，就撤销或者转让出去，他对此已没了多大心情。幸好，倪小园走时从门底下塞进来一个信封，她已将为校刊翻译英文目录的工作介绍让他去做，倪小园还委婉地劝导他要力争今年在校刊上发一篇论文,这样今年职称问题就可以解决。她还劝他不要再去给那些女性杂志写什么稿子了,系里的人都将此作为笑料,大家表面夸他那是不想扫他的兴,她劝他要务正业。他将信扔到一边去,自言自语了一句我喜欢,管得着吗?但他心里毕竟是虚的,又将信拿过来看了几遍,倪小园的信很平淡,看不出一丝感情色彩来,或许她已经忘了那天晚上发生的事。

(原载《福建文学》1997 年第 11 期　责任编辑:吕纯晖)

后　记

找一个人说话，在今天是件困难的事。很多时候，我宁愿说些无关痛痒的废话。但人总要有展示自己内心的方式，我写作是因为有话要说。

夜已深了，我一个人坐在房间里，心境如窗外的秋意。我在这样的夜晚，还像一个喜欢怀旧的古典诗人，被一种在茫茫夜色中蛰伏的诗意牵动着彻夜难眠。

孤独和对命运的恐惧席卷而来，在这样的夜晚，我多么希望写作和我自己的文字至少能够将我拯救啊！我过多的从书本上继承下来的一切品质，有时多少显得有些可笑，而隐于生命深处的来自前人的教诲和对自身命运的关注始终将我提升，使我能够在这样的夜晚，透过传统的浓雾看出个体的渺小来。

我是从中学时期开始写作的，这种过早的为未来设计的梦幻之路使我的人生笼罩着悲凉色彩。因为久居"书斋"，我对人群有一种心理上的排斥，从而失却了与人交往的诸多技能。写作的时间久了，也渐渐对自己产生了怀疑，这时，重新回到人群之中——一个和书里的人生完全两样的世界，我已经找不到自己的位置，有些孤单了。一个人总是先学会承受，再设法拒绝。我承受了，也拒绝了，在这样的迷宫中纠缠、搏斗，丰富着我的内心。我甚至喜欢这样冷艳的人生。清冷的站台，交错的轨道，你根本不知道列车何时抵达，下一个站台在哪里，有的只是路。

我开始写作时，正是先锋作家层出不穷的年代，这翻译小说孕育的一群人，迫使我重新面对我继承的文学传统。他们是和陕西作家完全不同的群体，也许是和年龄有关，相比之下，他们更接近我内心渴望达到的理想中的写作状态。一夜间，我所追寻的传统黯然失色。

整个大学时期，我都沉湎在加缪、辛格这些现代派大师的作品里，他们给我孤寂的大学生活带来了无尽的喜悦。

激情过后，一切又复平静。我一直没有找到我的写作方式，我不停地变化，妄图写出我理想中的活生生的真实来。

我不怎么喜欢短篇，一不留心就会矫情、做作、乏味，尽管这些年在短篇小说上我花费了不少精力，也一直没有写出我理想中的好短篇。写好短篇小说不容易，能写好的也就那么几个人，我呢，似乎也没有好的材料和过人的机智。我喜欢那种三四万字的中篇，不紧不慢，其间还可以放松下来，在叙述上也能够自由舒展。

我一直梦想能做一个睿智的小说家，一个诚实的劳动者，一个大地的歌者，这是多么艰难。

遥远的乡村生活是我的一笔财富。但当我今天想回过头去亲近它时,一切都是那么陌生,画面也是如此模糊,一个远离故土的人这时才感到他是多么孤单。这时,我想起了张炜,"城市是一片被肆意修饰过的野地,我最终将告别它。我想寻找一个原来,一个真实。"

我喜欢今天的文学环境,文学回到了真实,不再高不可攀,也不再万能,作家也不再充当新闻角色,很多人放弃了,但那几个我喜欢的真正的作家依然以笔为旗,一天也没有停止过战斗。

我将永远为我的内心写作,难以克服的是和现实的紧张关系,这种状态常常将我逼上绝境。我想,不是我经历了太多的事情,而恰好相反。随着时间的推移,它会慢慢平息。

对一个有说话欲望的写作者来说,开口说话往往是费力而不讨好的,也许,一支笔就足够了。

N